七人の秘書 THE MOVIE

脚本・中園ミホ／ノベライズ・国井 桂

朝日文庫

本書は、二〇二二年十月公開の映画『七人の秘書 THE MOVIE』の脚本をもとに小説化したものです。小説化にあたり、変更がありますことをご了承ください。

人物紹介

望月千代／もちづき・ちよ（35）
元・銀行常務秘書。秘書としてのスキルの高さに加え、家計を助けるために働いていた銀座のクラブで№1まで上り詰めた洞察力と会話力で、相手を手玉に取ることに長《た》けている。七人の中心的存在。

照井七菜／てるい・なな（27）
銀行頭取秘書。のんびりして仕事ができるタイプではないが、その素朴な人柄で機密情報をいつの間にか聞き出してしまう。お人好《ひとよ》しで勝手に依頼人を「ラーメン萬《ばん》」に連れてきてしまう。圧倒的に男運が無い。

長谷不二子／はせ・ふじこ（33）
元・警視庁警察部長秘書。正義感が強く、捜査一課の刑事だった時に男社会の組織の中で苦しんだ経験から秘書軍団に入る。警察のネットワークと空手を駆使して、武力行使してくるターゲットを制圧していく。

朴四朗／パク・サラン（30）
元・大学病院病院長秘書。医療の知識は豊富だが、経済的困窮のため医師の道を断念した過去をもつ。ハッキングによる情報収集を担当している。決め台詞《ぜりふ》は「懲らしめてやりましょう」。

風間三和／かざま・みわ（33）
元・東京都知事秘書。都知事のメディア戦略指南、手話通訳を務め、語学と剣道の心得もある。実家の風間グループとは疎遠でも、時にそのコネクションを利用してまで作戦遂行する。萬にほのかな想《おも》いを寄せる。

鰐淵五月／わにぶち・さつき（61）
家政婦／元・政治家秘書。家政婦としてターゲットの家や拠点に潜り込み、不正の証拠を集める。

萬敬太郎／ばん・けいたろう（50）

ラーメン萬店主／司法書士／元・政治家秘書。「ラーメン萬」の店主であり、副業は司法書士。秘書軍団の元締めとして、「ラーメン萬」に客として訪れた依頼人の救済を請け負う。決め台詞は「ここからは引き取らせてもらおうか」。

七人の秘書 THE MOVIE

この世を動かしているのは誰だ？
国や財界のトップか？
いや、違う。
本当にこの世を動かしているのは、実は影の黒子《くろこ》たちだ。
例えば、この名もなき秘書たち。
彼女たちがその気になれば、この世を変えることだってできる。

この世は万事、表があれば裏がある。
光があれば、闇がある。
そして、その闇の中にこそ、光る真《まこと》がある。

これは、そんな名もなき秘書たちの秘密の物語である——。

プロローグ

信州《しんしゅう》の冬は長く厳しい。だが、降り積もる雪は大地を浄化し、恵みの雫《しずく》を長い時をかけて地中深くに蓄え続ける。

どこまでも続く広大な山林が開ける一角で、一人の老人が雪の彼方《かなた》を見つめていた。

男は動かない。重ねた齢《よわい》は自分ですらどれほどになったのかわからない。

身体《からだ》は言うことを聞かなくなったが、その代償のように頭だけは冴《さ》えわたっていた。

だが、誰もそのことに気づかない。歩けなくなった時から、まるで古道具のように広大な屋敷の片隅に打ち捨てられている。

生きていくために必要なことは、誰かしらがやってきては世話をしてくれる。

放っておかれるのは少しもかまわなかった。

いや、むしろこうして自分の思考の中だけにいられるのは快適だ。

老人にはここ何年も心に巣くっているある暗い想《おも》いがある。

——私は悪魔を生み出すきっかけになってしまったのではないだろうか。

彼に宝を渡したらどうなってしまうのか。

憂いは尽きない。

まだ死ぬわけにはいかない。

ああ、また雪が降り始めた。

雪が欲望も悪事もすべてを覆い隠し、二度と白日のもとにさらすことがなければいいのに。

九十九《つくも》百之輔《ひゃくのすけ》は静かに目を閉じた。

息すらしていないように見えるその顔と裏腹にその心は、一族の行く末を案じ、千々に乱れていることを誰も知らない――。

1

宝石箱をひっくり返したような東京の夜景。その一つ一つの明かりの下には様々な人間たちがもがきながら生きている。

そして、その中に名もなき秘書たちがいる。

東京の片隅の、そのまた片隅にひっそりと佇《たたず》むラーメン屋「ラーメン萬《ばん》」。ほとんど醬油《しょうゆ》ラーメン一択のような店だ。出汁《だし》にこだわった醬油ラーメンは年々味わいを増していると評判で、一度ハマった客は二度三度と足を運び、やがて常連になる。

今夜の店内は賑《にぎ》わっていた。カウンターにずらりと座る六人の女たち。

その女たちは全員が腹ぺこなのか、わき目も振らず一心不乱にラーメンの丼以外に関心はないといった顔で食べていた。

一番初めにスープまで飲み干し立ち上がったのは、ハーフアップにした髪にグレーのスーツの若い女性――照井七菜《てるいなな》だった。

「萬さん、ごちそうさまでした。最後のラーメン、美味《おい》しかったです」

萬と呼ばれた男はカウンターの中にいた。頭にタオルを巻き、ラーメンの湯切りも慣れた手付きだ。

だが、少しでも観察力のある人間ならば、無愛想なラーメン屋のおやじといった風情の中にどこか油断のならない目をしていることに気づくだろう。事実、萬敬太郎《けいたろう》は最初からラーメン屋になることを目指していた男ではない。

その萬が七菜に向かって尋ねた。

「最後？」

「皆さんもお世話になりました」

七菜はカウンターの女たちに向かって頭を下げた。

皆さんと呼びかけられた五人の女たちは一斉に訝《いぶか》しげに七菜を見た。そんな彼女たちに向かって七菜は続けた。

「先輩たちを差し置いて申し訳ないんですけど、私、一般人と結婚します！」

同時に掲げた左手の薬指には大きなダイヤの指輪が輝いていた。女たちは思わずむせた。

「結婚⁉」

最初に声を上げたのは望月千代《もちづきちよ》だった。メガバンクである東都《とうと》銀行秘書室の先輩後輩として七菜とはこの数年一緒に働いた経験がある。

なのにいきなり結婚とは一体どういうことなのだ。

「つーか、あんたも一般人だろ！」

当たり前過ぎるツッコミを入れたのは長谷不二子《はせふじこ》。黒髪も艶やかな凄味《すごみ》のある美女。かつては警視庁の警務部長秘書であり、そして今はシングルマザーでもある。背中に赤ん坊を背負っているのだが、母の鋭い言葉に泣き出した。

「ごめんごめん。仁《じん》に怒ったんじゃないからね」

険のある表情がたちまち優しい母の顔になった。

ちなみに仁と名付けられた赤ん坊の父親が誰なのかを不二子はいまだに誰にも明かしていない。本人が何も言わないのだから、皆、触れないのだ。

「その一般人って何者？」

次なる質問はその隣にいた風間三和《かざまみわ》から飛んだ。ホテルチェーンを展開する風間グループの総帥を父に持ち、自らも東京都知事の広報活動を一手に担う秘書の仕事をしていた経験の持ち主だ。

女たちの冷たい質問と眼差《まなざ》しにもめげず、七菜は誇らしげに答えた。

「信州で牧場をなさっている九十九二郎《じろう》さんです」

その名を耳にした途端に、常に高性能のノートパソコンを体の一部のように携帯しているパク・サランがキーボードを叩《たた》き出す。

「チャンナンアニダ」

ハンパないという意味の韓国語がまず口をついて出たサランは、韓国生まれの韓国育ち。韓国人の母と日本人天才外科医の父を持つ。かつてはある大病院の院長秘書だった。

「マジすごいです」

女たちはサランのパソコンを覗《のぞ》き込んだ。そこには一人の穏やかそうな顔をした青年の顔とともにその華麗なる経歴が表示されていた。

九十九二郎――。

信州を拠点に、ホテル・レストラン・牧場など様々なビジネスを展開するアルプス雷《らい》鳥《ちょう》グループの御曹司　酪農界を明るくする若き経営者
信州の広大な土地に広がる雷鳥牧場のオーナー。

酪農業を主軸とし牛乳を使った加工品の製造・販売及び牧場体験を展開している。雷鳥牧場は信州・北アルプス市に位置する観光牧場。約10万平方メートルという広大な敷地で、牛や馬、ひつじ、ヤギを始めとした多くの動物たちとふれあうことのできる自然体験牧場。乗馬や牛の搾乳体験のほか、搾りたて牛乳でのバター作りなどを楽しむことができる。

「信州を中心にホテルとレストランと牧場やってるアルプス雷鳥グループの御曹司！」

三和が二郎のスペックを感嘆の声で読み上げた。

「どこでどうやったら、そんな超上級国民と知り合えるわけ？」

もはや千代の感嘆の声には冷たいものが混じり始めている。

「名乗るほどの者じゃないあんたが！」

不二子が問い詰める。

「七菜さん、教えてください！」

サランも目が真剣だ。

「実は、マッチングアプリで」と、七菜はスマホをかざして見せた。

そこにはアプリの七菜のアカウント、「ななさん　女性・27歳・東京都」という簡単なプロフィールとともに、ストライプのシャツを着た二郎と白いワンピース姿の七菜が動物園らしき場所で笑っているツーショット写真があった。二郎はソフトクリームを二つ掲げている。

添えられたコメントは「彼の飾らない少年のような心に惹《ひ》かれて結婚を決意！」だ。

女たちは唖然《あぜん》とした。そして、一斉に言った。

「絶対失敗する！」

「いや、失敗しろ！」

しかし、七菜は動じない。

「まあまあ、そんなにうらやましがらないでくださいって――イタッ。痛いですって」

女たちは祝福というより半ばやっかみを込めて七菜をバシバシ叩いた。

「じゃあ、ここも卒業だな。おめでとう」

萬の祝福だけは心からのものだ。

「萬さん……お世話になりました」

思えば東都銀行の前頭取秘書の時に大きなトラブルに巻き込まれたのをきっかけに、萬やこの五人と出会い、さまざまな経験をしてきたのだ。

大変なことも多かったが、生きてると心から感じられるような経験をした日々が脳裏に蘇《よみがえ》った。走馬灯のように人生が思い出されるのって、死ぬ時だっけ？　まあいいか。

そんな日々とももうさよならだ。七菜は目を潤ませた。

「御曹司の若奥様かあ。家政婦が必要になったら言って」

その声は鰐淵《わにぶち》五月《さつき》。女たちの中では一番年長で、今は派遣の家政婦をしている。しかし、以前は政治家の秘書をしていたという経歴の持ち主だ。

七菜の結婚宣言を聞かされた秘書たちはやけ酒をあおっていたが、七菜は追い打ちをかけた。

「北アルプスの麓《ふもと》で盛大に結婚式を挙げますから、先輩たちも来てくださいね」

「誰が行くか！」

四人の声が狭いラーメン屋にこだました。

明日はウェディングドレスの試着なんで、今日はこれで失礼しますと、これまた独身女性の神経を逆撫《さかな》でする発言をして七菜が去った後、女たちが荒れたことは言うまでもない。

一番落ち着いていたのは、最年長の五月ではなく、あえて結婚せずにシングルマザーという道を選んだ不二子だった。

しかし、あの七菜に経営者の妻が務まるのだろうか。千代はむくむくと好奇心が頭をもたげるのを止められなかった。

2

白い息と荒い息づかいが朝もやの中に溶け込む。森はどこまでも深く、静かだ。時々遠くで鳥の声や、雪が枝から落ちるバサッという音が響く。そして、空気は限りなく澄みきっていた。

道はどんどん細くなって、積もった雪に時折足を取られそうになる。

「ううっ、寒っ……あー、近道失敗した」

千代は分厚いダウンジャケットを通して忍び寄る寒気に身を震わせた。

「……やっぱ来るんじゃなかった……もう無理歩けない」

本気で遭難の二文字が頭に浮かぶ。

ここは信州、北アルプス市の山の中。千代は七菜の結婚式に出席するために一人やってきたのだった。他の秘書たちは「誰が抜け駆けしたやつの結婚なんか祝えるか」と無視を決め込んだが、千代は東都銀行秘書室の後輩だということもあり、また御曹司という人種に興味もあって来てしまった。

招待状の地図が簡略化され過ぎていて、山の深さを見誤った。まさかこんなに人家のひとつもないところだとは思わなかった。一体どこにお屋敷なるものがあるのか。

その時、突如気配を感じた。目をやると、もやの中を黒っぽい影が近づいてくる。

「く、熊⁉」

どうしよう。死んだフリ？　いや、それは効果がないと聞いた気がする。ああ、こんな山の中で命を落とすのか。そんなのあんまりだ。千代は恐ろしさのあまりうずくまった。

チリン。

澄んだ鈴の音が聞こえた。鈴の音はどんどん近づいてくる。熊が鈴など持っているはずがない。

千代は恐る恐る顔を上げた。そこには一人の男が立っていた。腰に鈴をつけている。そういえば、野生の熊に人間の存在を知らせ、無用な遭遇を避けるために、山に入る時に身につける熊鈴というのがあると聞いたことがある。

そして、熊と見紛う黒い影は、男が黒のダウンジャケットを着ていたせいだった。

千代を見下ろす目が厳しい。整った顔だちだが、怒っているのがわかる。左目の光が少し違って、余計に恐ろしげだ。まさか熊ではなく、人間に殺されるのか。千代は瞬時に頭の中でありとあらゆるパターンの悲劇を想定した。

「こんなとこで何してんだ。死にてえのかッ」

信州訛《なま》りの言葉はきつかったが、千代は立ち上がらせる手つきはソフトだった。

「……道に迷ってしまって」

男は千代の足元に落ちていた結婚式の招待状を一瞥《いちべつ》した。

「なんだ、あの屋敷の客か」

吐き捨てるような口調だ。

「歩いて着けるような距離じゃないぞ」

「あの……タクシーを拾えるところはありますか」

「あるわけないだろ。呼んだってすぐには来やしない。送ってやるよ」

「……」

ついていって大丈夫だろうか。

「何を想像してるんだ。あんたみたいな面倒くさそうな女をどうこうする趣味はねぇ」

「し、失礼な」

自分のどこが面倒くさそうだというのだ。そんなことといまだかつて言われたことなどない。そもそも男とどうこうするまでいかないのだから。

しかし、せっかくラッキーなことに送ってくれるというのだから、あえて断ることもないか。何者だか全くわからないが、山の中を歩き続けるよりマシだ。なんにせよ熊じゃなくてよかった。千代はありがたく車に乗せてもらうことにした。

林道に停《と》めてあったのはゴツイ四輪駆動車だった。助手席に乗り込むと、千代は思い切り息を吸い込んだ。鼻腔《びこう》をなつかしい香りがくすぐる。

「ラーメン、お好きなんですか」

「なんで」

「この車は、ラーメンの出汁《だし》の香りがします」

後部座席には大きなクーラーボックスが置いてあり、そのあたりから漂ってくるのは間違いなくラーメンの出汁の匂いだ。男の答えは意外なものだった。

「好きって言うか、ラーメン屋だから」

「そうなんですか」

「俺は緒方航一《おがたこういち》。北アルプス市内の街はずれで『味噌《みそ》いち』という店をやっている」

「私は望月千代です。よろしくお願いします。今回の結婚式の新婦の友人です」

千代はなんだか勝手に嬉《うれ》しくなった。遠く離れた信州で最初に出会ったのがラーメン屋だとは。しかも、よく見ればこの男、ぶっきらぼうではあるが、知性の感じられる横顔をしている。

しかし、結婚式について特に興味もないのか、突っ込んだ質問はしてこなかった。

気になるといえばもう一つ。イグニッションキーにぶら下げられているキーホルダーがちょっと見たことのないものだった。中東風というのか、ちょっとエキゾチックなデザインだった。誰かの中東みやげだろうか。

ただのラーメン屋にしてはかもしだす雰囲気がちょっと変わっている。それは少し萬にも似たものがあり、千代は気になった。だが、航一は世間話をするでもなく、真っ直《まっす》ぐ前だけを見つめてハンドルを握り続けている。千代は黙って外の雪景色を眺めるしかなかった。

車は雪に囲まれた林道をどこまでも走り続けた。この広大な土地が全部アルプス雷鳥グループの一族のものなのか。

やがて海外ドラマで見るような大きな門が見えてきた。どこかにカメラでもついているのか、車を認識すると門がゆっくりと開いた。

「あれがアルプス雷鳥グループの屋敷だ」

航一が示した先には、大きな洋館がそびえ立っていた。

こんなお城みたいな家に住んでる人って本当にいるんだ。七菜はこの家の若奥様になるってこと⁉

ここまでくると、やらなくてはいけないこと、人付き合いなども大変そうで、ちっとも羨ましいとは思えない。それは間違っても嫉妬などではない。

エントランスの前で車を停めると、航一は熊鈴を差し出した。千代が受け取るとチリンと涼しげな音が鳴った。

「気をつけて。熊より恐ろしい人間もいるから」

どういう意味だろう。鈴をつけているからといって、熊と違って危ない人間が避けてくれるとも思えないけど。

航一は千代が車から降りると、「じゃ」と小さく手を上げ、車を発車させた。見送る千代は、両手を前で揃《そろ》え、角度三十度の見事な敬礼で見送った。職業病というのか、相手が誰であれ見送る時にはこの姿勢になってしまうのだ。

背後で扉が開く気配がした。出てきたのは、初老の黒い礼服姿の男だった。この屋敷の執事だと物腰でわかった。

「お待ちしておりました」

千代は屋敷へと迎え入れられた。

広々とした玄関ホールでダウンジャケットを預ける。完全防寒のダウンジャケットの下にはドレス、スノーブーツをハイヒールに履き替えれば、パーティー仕様に早変わり。これも秘書の特技の一つなのである。

今回のドレスは黒地にゴールドのストライプが織り込まれ、一見シックな中にも華やかさをかもし出すものを選んでみた。若干シャクにさわるが、あくまで花嫁の引き立て役という立場は守る。

長い廊下の突き当たりには巨大な熊の剝製が鎮座していた。恐ろしい。こんな熊に襲われていたら、ひとたまりもなかっただろう。航一にもしまたどこかで会うことがあれば、ちゃんとお礼を言おうと千代は思った。

　案内された大広間には、もう客たちが集まり、シャンパングラスを片手に思い思いに談笑していた。壁際に置かれたサイドボードの上には九十九一族の家族たちの写真が並べられている。

　そして、大広間を見下ろす場所に飾られた大きな肖像画がひときわ目を引いた。丸顔で恰幅《かっぷく》のいい男が描かれている。アルプス雷鳥グループ総帥である九十九道山《どうざん》だ。一見人のよさそうな表情だが、肖像画であっても目が笑っていないのがわかる。

　千代は目立たぬように招待客たちを観察した。大声で話をしている男たちの一団が真っ先に目に入る。

「先日はありがとうございました。五％上乗せしてお返ししますんで」

　明らかに商売の話をこんな場でしている。その声の主は礼服なのにカウボーイハットをかぶっていた。道山の三男でステーキハウス雷鳥の社長・九十九三郎《さぶろう》だ。

　その隣にいるのはオールバックに眼鏡をかけたキザな男。四男で雷鳥リゾート社長の九十九四郎《しろう》か。

　千代はざっと頭に入れてきた九十九二郎の家族のプロフィールを思い返していた。

　少し離れたところにいるタキシード姿の男の子。この子が五男の九十九五郎丸《ごろうまる》か。まだ九歳だというのに、地元の有力者らしき客に向かって堂々と挨拶している。客の方も

「見違えるようだね。これからもよろしくね」と、こんな子供にまで媚《こ》びを売っている。

それだけこの一族の力が強いという証《あかし》なのだろう。兄弟も多いし面倒くさそうだ。

しかし、幸せになるのも苦労するのも七菜だ。玉の輿《こし》に乗ったからには、せいぜい振り落とされないようにがんばってもらおうじゃないか。

人の波が割れて小柄な男が満面の笑みを浮かべて入ってきた。

「本日は誠におめでとうございます」

「海藤《かいどう》知事、よくいらしてくださいました」

真っ先に知事と呼ばれた男に挨拶をしたのは、一目でハイブランドとわかるドレスに身を包んだ長身の女性だ。

「二郎もやっと嫁を迎える気になって、父もホッとしてますよ」

すかさず三郎が知事の前にしゃしゃり出る。なんだか嫌な言い方だなと千代は思った。

「ドンに似ず、二郎君は奥手で真面目だからね」

有力者らしい招待客の男がさらに言い募る。

「ドンに聞かれたら、えらい目に遭いますよ」

長野県知事の海藤が続け、客たちは一斉に笑った。

ドンと呼ばれる九十九道山というのは一体どんな男なのだ。

先ほどの長身の女性は、別の男のところに歩み寄った。

「市長も今日はゆっくりなさってくださいと、ドンからことづかっております」

北アルプス市長の北村旭《きたむらあきら》だ。だが、北村市長はなぜか何か言いたそうな表情をしていた。そのことが妙に千代には気になった。後になってみれば、この時の北村市長の不安が的中してしまうことになるのだが、千代は当然想像もできなかった。

それにしても結婚披露の場のはずなのに、ここに集った人間たちのなんとも言えぬ欲や裏の顔が透けて見える。千代はこの場にいるだけでザワザワするものを感じた。

執事が長身の女性に何か耳打ちしたと思ったら、彼女は千代の方へ近づいてきた。身にまとったクラシック・ローズ系の香水がほんのりと香ってくる。美しい女だ。

「新婦のご友人の方ですね。初めまして。アルプス雷鳥グループの弁護士をしております九十九美都子《みつこ》です。よろしく」

「お招きありがとうございます」

そつのない挨拶に千代も丁寧に頭を下げた。

「父の道山も間もなく参りますので」

なぜ新郎新婦ではなく、新郎の父のことを言うのだ。このパーティーの主役がないがしろにされているのは間違いないと千代は思った。

「皆様、お待たせいたしました」

司会者の声が響いた。

「お、やっとドンのお出ましかい?」

そんな客の声と共に人々の視線は階段の上の扉に注がれた。

「その前に、今日の主役新郎新婦のご入場です。皆様、拍手を――」

扉にスポットライトが当たった。そして音もなく扉が開き、出てきたのはウェディングドレスをまとった七菜だった。いかにも七菜の好みといった愛らしいデザインのウェディングドレスがよく似合っている。隣に新郎の姿はない。後から姿を現す趣向なのだろうか。

しかし、七菜はどこか申し訳なさそうな情けない表情を浮かべていた。

これも演出なのか?

「かわいらしい花嫁さんだこと。あら、二郎さんは?」

美都子のつぶやきに千代も首を傾《かし》げるしかない。

七菜がぺこりと頭を下げた。

「一人でのこのこ出てきちゃってすみません……二郎さん、まだ到着してないんです」

客たちが一斉にざわめいた。一体どういうことなのだ。

千代は黙って七菜を見つめた。

しばらく二郎の到着を待つことになったのだが、連絡もつかないらしく、しびれを切らした客の中には、帰る者も出始めていた。

登場してしばらくは二郎の親族たちに質問責めにされていた七菜だったが、今は話しかける者もなく、窓辺に座り、ぼんやりと外の雪景色を見ていた。その横顔があまりに寂しそうで、千代はそっと話しかけた。

「遅いね、花婿さん」

「先輩！　来てくれたんですか！」

七菜の顔が輝いた。まったくなんて顔をしているんだか。迷子の子供のようではないか。銀行時代もミスをするたびにこんな顔をして、何度助け船を出してやったかわからない。

「ちょっとこっちについでの用があったから」

「またまたァ。わざわざ私と二郎さんのために、ありがとうございます」

懲りないヤツだ。ちょっとでも気の毒に思ったのは撤回だ。

「逃げられたんじゃない？」

「えっ、不吉なこと言わないでくださいよ」

「みんな言ってるよ、ほら」

千代はタブレットPCを広げてみせた。ラーメン萬と回線がつながっている。画面の向こうには秘書たちがいた。

「やっぱ男運ないね～」

不二子の声が真っ先に飛び込んできた。さらに不二子は追い打ちをかける。

「マッチングアプリで御曹司釣りあげるなんて、話がうますぎると思った」

「この間の男は結婚詐欺師だったたし、その前の頭取のおじいちゃんは死んじゃったし。今度は結婚式当日に逃げられた？」

三和が情け容赦なく七菜の最近のアンラッキーな過去をえぐる。結婚詐欺師というのは、以前、やはりアプリでパートナーを見つけようとしていた七菜がどこからどう見ても詐欺だろうというのに、易々《やすやす》とひっかかりそうになっていたのを、みんなで助けてやったということがあったのだ。

頭取のおじいちゃんというのは、東都銀行の前頭取のことで、もとより愛人関係などではなかったが、よりによって一緒にいる時に急死してしまい、千代たちの迅速な行動でスキャンダルを免れたという事件のことだった。

ちなみに七菜が千代たちと一緒に行動するようになったのは、その時の事件がきっかけである。

「ち、違いますって！」

七菜は男に逃げられたなどという不名誉なことではないと必死に抵抗しようとする。

そこにサランが笑顔で割って入った。

「七菜さん、元気出してください。ファイティン！」

「まだ若いんだから、次があるわよ」

五月に至ってはもう二郎とは終わったといわんばかりだ。

「な、何言ってるんですかッ」

七菜の必死の抵抗なんて誰も聞いちゃいない。

「花婿に逃げられたんだって。萬ちゃんからも励ましてやって」

五月の言葉に萬までもが笑顔で画面に登場した。

「ラーメンが美味しいと思う人生を送れ。腹いっぱい食べて寝れば、大概のことはなんとかなる」

「萬さん、皆さん、ご心配なく。二郎さんはドタキャンなんかする人ではありませんから！」

七菜は画面に向かって強がって見せた。

千代はふと視線を感じた。五郎丸がじっとこちらを見ていたので、タブレットを閉じた。途端に東京の仲間たちの喧騒《けんそう》が消えた。

七菜はつくり笑顔を浮かべ、腰をかがめ、五郎丸の視線の高さになって言った。

「五郎丸君。仲良くしてね。私、子供が大好きなの」

ところが五郎丸の返事はすごかった。

「お父様は歓迎してません。どうせお金目当てですよね。じゃなきゃ、東京で秘書をやってた人がこんな田舎に来るわけない」

「そ、そんなことはないよ」

七菜の笑顔は完全に引きつっている。

「牧場は大変ですよ。牛の糞《ふん》まみれになって。まあ、秘書も生産的な仕事とは言えないけど」

頭にきた。千代はズイッと前に出た。もう黙ってられるもんか。

「お坊っちゃま」

「何か?」

「ガキが秘書なめんじゃねえぞ」

思いっきりすごんでやった。しかし、五郎丸はめげない。

「そっちこそ、秘書のくせに僕をなめないでください」

千代と五郎丸は本気でガンを飛ばし合った。七菜が慌てて割って入る。

「先輩、大人げないですよ」

そして、七菜は五郎丸に宣言した。

「私は二郎さんを心の底から愛してるの」

しかし五郎丸は心を動かされたふうもなく、シラッとした顔を崩さない。本当に憎たらしい子供だ。千代は急にバカバカしくなってシャンパンを飲み干すと、大広間を出た。

化粧室を探すつもりだったのだが、屋敷はあまりに広すぎた。

「やばい……広すぎて迷った……」

静まり返った廊下はどこまでも長い。廊下の途中に大きな置物が見えた。まさかまた熊の剝製だろうか。千代は近づいていって、ヒッと声を出しそうになった。微動だにしないそれは車椅子に乗った老人だったのだ。

「このお屋敷の方ですか？　すみません。お化粧室はどこでしょう？」

老人は動かない。ボケているのだろうか。いや、耳が聞こえないのか。

そう思った時、老人が動いた。かすかに首を振り方向を示しているようだ。

「あっちですか。ありがとうございます」

千代は示された方へ歩を進めた。確かに突き当たりにこれまた広大な化粧室があった。

それにしても今の老人は誰なのか。スマホを取り出し、九十九一族の家系図を開いた。

「あ、もしかして……」

九十九百之輔か？　道山の父親で、とうの昔に経営からは引退している。死んだという記事は見つからなかったから、やはり隠居の身なのだろう。正しい場所を教えてくれたから、決してボケているわけでもなさそうだ。

それにしても今日会っただけでも一癖も二癖もありそうな兄弟ばかり。七菜は本当にやっていけるのだろうか。

到着してからずっと降り続いていた雪が吹雪にならなければいいなと千代は思った。帰り道はどうしよう。本来なら招待した側が、お車代やらホテルを手配するものだろう。まったく七菜ときたら。秘書時代にさんざん教えたはずなのに。それとも、そんなことを気にするなんて、自分はひがんでいるのだろうか。冗談じゃない。

3

冬の雪山の天候は気まぐれだ。だが、ようやく雪はやみ、美しい夕陽《ゆうひ》が雪原を鮮やかなオレンジ色に染め上げていく。

雷鳥牧場にも夕闇が迫りつつあった。牛舎から外に出されていた牛たちの耳がピンと立った。何か異変を察したのか。

次の瞬間、突如牛舎から激しい爆発音とともに火の手が上がった。遅れて非常ベルが鳴り響く。炎がまたたく間に牛舎をのみ込んでいく――。

九十九家の屋敷では、待ちくたびれた客たちの多くが帰り始めていた。さすがの七菜も強がるのをやめ物思いに沈んでいた。千代も、もうかける言葉もない。

そこに使用人の一人が飛び込んできた。

「大変です！　雷鳥牧場から火が！」

「なんですって！」

美都子が電話に飛びつく。

「二郎さんの牧場が――」

七菜はドレスの裾を持ち上げると大広間を飛び出した。

「え、そのまま⁉」

千代も慌てて後を追う。

七菜はダウンジャケットを羽織っただけで、ウェディングドレスのまま林の中を一心に走っていく。裾が汚れるのを気にもしていない。

あたりはゆっくりと暗闇に沈んでいく。

屋敷から牧場は林を抜ければさほど遠くなかった。千代と七菜がたどりついた時、牛舎はもう手がつけられないほど燃え盛っていた。従業員らしき作業着姿の男女が呆然《ぼうぜん》と立ちすくんでいる。泣いている者もいる。

「二郎さん！　二郎さんは⁉」

七菜は半狂乱になって尋ね回った。だが、誰も答えられる者はいなかった。

七菜は火の中に飛び込もうとする。ウェディングドレスの裾はすでに泥にまみれて見る影もない。だが、七菜の心は二郎を案じる気持ちだけでいっぱいになっているのが伝わってきて千代は胸が痛んだ。

「二郎さんッッッ！」

「ダメッ！　七菜！」

千代は必死で七菜を止めた。放っておけば、本当に火の中に飛び込んでいってしまいそうだった。

「放して！　放して！　お願い。二郎さんが――イヤーッ」

七菜の絶叫がむなしく響いた。


牧場を焼き尽くした炎は明け方になってようやく鎮火した。焼け崩れ瓦礫《がれき》と化し黒い残骸になった牛舎は、まだあちこちでくすぶり、灰色の煙を上げていた。

立ち尽くしている従業員たちの中には年老いた者もいれば、まだ中学生くらいの子供もいた。誰もが涙を流したり、呆然としている。

「二郎さんは……？」

七菜が誰にともなくつぶやいた。

正夫《まさお》と仲間に呼ばれていた年老いた男がようやく小声で言った。

「……助けられんかった」

「逃げ遅れた人がいるんですか？」

まさかと思いながら千代は尋ねた。

「わからん。わしが見た時には、もう火が燃え拡がっとって……」

「中に誰かいるぞ！」

焼け跡を調べていた従業員の声が聞こえた。

「二郎さん!?」

七菜と千代は声のする方に駆け出した。焼け跡に足を踏み入れると、入り口から数メートルのところに黒い塊が横たわっていた。

苦しげに手を伸ばした、人体の形をした黒いマネキン人形のような物体。焼死体だった。

七菜が息をのんだ。しかし、果敢にも遺体の顔を確認に行く。遺体は炭化するほどではなく、かろうじて顔がわかる。眼鏡をかけていた。

「……二郎さんじゃない」

七菜がホッと息を絞り出すように言った。

「市長でねえか？」

その声に千代は改めて遺体の顔を覗き込んだ。

言われてみれば、確かに九十九の屋敷で見かけた北アルプス市長の北村のようだ。

その時ザッザッという足音とともにスーツ姿の一団がやってくるのが見えた。

先頭に立っている男は見覚えがある。あの肖像画の……。

九十九道山――。

背後に美都子、三郎、四郎と他の部下たちを従えている。道山は真っ直ぐに遺体に近寄った。

「市長！」

道山は遺体に向かって合掌した。そして嗚咽《おえつ》をこらえて言った。

「なんでや……あんたが死んでどないするんや……」

「きっと帰りに火事を見つけて、なんとか火を消そうとしたんでしょう」

三郎が父をいたわるように言った。

「わしはどないしたらええんや。大事な牛も牧場もみんな燃えてしもうて、親友まで……」

泣き崩れた道山は旭と泣き叫んだ。だが、次に出てきた言葉に千代は耳を疑った。

「……二郎のせいや。みんな、すまん。牧場に火をつけたんは二郎や」

「どういうことですか――」

七菜は驚きのあまり声が震えている。従業員たちも混乱の声を上げていた。

「身内の恥をさらすようやけども、この牧場の経営はもうどうしようもない状態やった
……あいつが火ぃつけて逃げよったんや」

「まさか、保険金でなんとかしようと……」

道山の言葉を裏付けるように美都子が口にした。

「あいつの弱さはわしが一番よう知っとる。みんな、申し訳ない。許してくれ。ほんまに申し訳ない。この償いはわしがするから、堪忍してくれ。このとおりや。許してくれ

――」

道山は土下座すると従業員たちに向かって地べたに頭をこすりつけて詫《わ》びた。それは本心からのように見えた。

従業員たちは呆然とし、責める言葉も許す言葉も出てこない。ただただ道山を見つめていた。

七菜はといえば、放心状態で涙も出ないようだ。人がこういう空っぽな表情を浮かべた時は気をつけなくてはいけない。

千代には、かつて二人きりの家族である兄がこんな表情を浮かべた後に死のうとしたのを止めた経験があった。

七菜は面倒くさい後輩だけれど、今回ばかりは笑い事ではない。少し注意しておこうと千代は思った。

それより半日ほど前――。

火災がひどくなった夕刻。炎が牛舎を覆い尽くしていた頃、小高い丘の上からその様子を見つめる一人の男の影があった。

――九十九二郎。

普段は穏やかな顔が苦痛に歪《ゆが》んでいた。腕にひどい傷を負い、白い雪の上には点々と血の跡が散っている。そして、その顔にも傷があった。

二郎は、牧場が焼かれていくのをただ見つめていた。

そして、彼がこうして今生き延びていることを誰も知らなかった。


雷鳥牧場の火災が鎮火し、従業員たちも皆それぞれ散っていった後、道山は三郎、四郎、そして美都子の三人の子供たちを従えて牧場を見て回っていた。

汚れ仕事を嫌う道山が牧場に足を踏み入れることはめったにない。だが、磨き抜かれた革靴が汚れるのもかまわず何かを値踏みするようにあちらこちらを見回している。

その目は、先ほど従業員に土下座して見せた時とは違って、冷静なビジネスマンの目だった。

昼間の火災だったので、多くの牛は放牧されていたため、助かった牛も多い。牛舎の外にはそんな生き残った子牛がつながれていた。

まっくろな毛並みに純粋な目をしている。

その子牛の頭を道山は撫でた。

「おまえも住むところがなくって、気の毒になあ」

そして、薪割《まきわ》りの斧《おの》を取り上げるや否や、大きく振り上げた。

次の瞬間、真っ白な雪の上に鮮血が飛び散り、子牛の頭が飛んだ。

美都子は目をそむけ、唇をかみしめた。

三郎と四郎の足元に血が筋になって流れていく。三郎は青ざめ、四郎は必死に吐き気をこらえていた。

「片づけておけ」

道山は何事もなかったように背を向けた。

その一部始終を千代は物陰から見ていた。

なんという男だろう。

九十九一族には、道山というドンを頂点にした欲と陰謀が渦巻いているような気がしてならない。

七菜のことがなければ、関わることもない者たちだが、千代にはなぜかこのままでは済むまいという予感のようなものがあった。

4

いまだウェディングドレスを脱ぐこともできず、七菜は放心状態だった。

そんな七菜を千代は信州ラーメンの店「味噌いち」に連れてきた。山の中で迷った千代を助けてくれ、熊鈴をくれた航一の店だ。念のためにと連絡先を交換していたのだが、雷鳥牧場での火災のことを話すと、すぐに迎えに来てくれたのだ。

店は萬のラーメン屋とよく似ていた。大きさも雰囲気も常連と思われる顔ぶれも、店主に愛想がなくて、ちょっと強面《こわもて》なところもだ。

「はい、味噌ラーメン二丁」

カウンターに座る二人の前に航一が信州味噌ラーメンを置いた。

「美味しそう。いただきます」

千代はさっそくどんぶりに手を伸ばしたが、七菜の目は何も見えていないかのように虚《うつ》ろだ。

その七菜に千代はわざと明るく言った。

「よし。ラーメン食べて東京へ帰ろう。腹いっぱい食べて寝れば大概のことは何とかなるって」

萬の口癖だが、こういう時には勇気づけられる。

しかし、七菜に遮られた。

「東京には帰りません。行くところがあるんです」

そして、急に覚醒したかのように七菜はすごい勢いでラーメンを食べ始めた。

今まで何を考えていたのだろう。とりあえず食べることができるのなら安心だが。

「行くところって？」

返事がない。横を見ると、七菜は食べながら泣いていた。まさか行くところって二郎がいるであろう天国ではないだろうな。地獄かもしれないけど。

「早まっちゃだめだよ」

「心配しないでください。死ぬわけないじゃないですか。二郎さん、探さなくちゃ」

そう言ってグズグズ泣きながらも、七菜はラーメンを完食した。

千代もスープまで一滴残さず、あっという間に平らげた。

航一が目を丸くしている。

「二人とも、そんなに腹減ってたの」

「美味しかったです。スープの後味がすっきりしているし、麺ののどごしも……きっと水がいいんですね」

兄のラーメン屋を手伝っていた経験から、千代は水がラーメンのスープの味を決める大きな要素のひとつだと知っていた。

「わかりますか。この辺の湧き水を使ってるから」

そして、航一は近くの席に座っていた中学生くらいの男の子と女の子の方を見やった。

「二郎の牧場の子供たちだ。こいつらも腹すかしてて」

ハヤトとユキというのだと紹介しながら、航一は二人にラーメンを出した。

その子供たちに常連客らしい男たちが声をかけた。

「牧場焼けて、おまえたち、どうすんだ」

「行くとこあんのか」

そう問われても、ハヤトもユキも答えようがないらしく黙り込んでいる。

「金なら気にすんな。食え」

そう言われて、二人はやっと笑顔を見せ、「ありがとう。いただきます」と食べ始めた。

そんな二人を航一は優しい目で見つめていた。

「何があったって、たんとラーメン食えば、なんとかなるだ」

それを聞いて千代は、誰かと同じようなこと言うものだとおかしくなった。

実際七菜はラーメンを平らげたことで、大分元気を取り戻したようだ。どうやら本気で二郎を探し出すつもりらしい。

それは愛なのか？

突然大切な人が目の前からいなくなってしまう不安と寂しさなら、千代にも経験がある。だから、もしも七菜が本気で二郎を信じて、その行方を探そうと思うのなら、協力してやらないこともないのだが……。

それにしても今回はなにやら妙にきな臭い陰謀が隠れているような気がして仕方がなかった。

5

数週間後。

千代は不二子、三和、サランと一緒にいつものプールで泳いでいた。ストレス解消にはなんといっても人魚になるのが一番だ。

プールサイドでは、五月がコーチさながらにマグロになれだの、イカになれだの叫んでいるが、四人とも聞いちゃいない。

ひとしきり泳いでからプールサイドで五人は井戸端会議を始めた。

「七菜から連絡ある？」

五月が千代に尋ねた。

「それがまだ……」

航一のところで一緒にラーメンを食べた後、七菜は九十九邸に戻っていった。千代は一緒に行くと言ったのだが、七菜は一人で大丈夫だと言い張ったのだ。

「あれから音沙汰なし？」

不二子の言葉に千代はうなずいた。

「銀行は寿退社しちゃったし、どこ行ったんだろう」

「萬さんのラーメン屋にも顔出さないしね」

結婚と聞いた時には怒っていたくせに、三和も心配らしい。

すると、ノートパソコンを開いていたサランが突然声を上げた。

「七菜さん、まだ信州にいます。GPSで追跡したんですけど、ここに――」

七菜のスマホのGPSを追いかけることがすぐにできるのがサランだ。

千代たちはパソコンを覗き込んだ。

そこには信州北アルプスの一地方の地図が表示され、点滅する点がどうやら七菜が今いる場所らしい。どんどんズームしていくと、「白樺《しらかば》ふれあい動物園」というアイコンが出た。

「ずっと動物園の中をさまよってます」

七菜は一体何をしているのだ。まさか遊んでいるわけではないだろう。

このまま点を見つめていても仕方がない。不二子がスマホを取り出し、七菜にかけた。

その頃、七菜はホワイトタイガーの檻《おり》の前にいた。ハヤトとユキも一緒だ。といっても、もちろん遊びに来たわけではない。突然スマホが鳴り出した。七菜は画面をタップした。

「もしもし……」

「ちょっと！　動物園なんかで何してんの」

「わッ、不二子さん！」

「みんな心配してんのに」

「二郎さんと一度だけここでデートしたんです」

七菜の脳裏には、夏の思い出が蘇っていた。アプリで出会い、何度かメッセージのやりとりをして、すっかり意気投合し、七菜が遊びに来たのだ。

『僕はこのホワイトタイガーが一番好きなんだ』

『へえ、カッコいいね』

二郎は買ってきたばかりのソフトクリームを七菜に渡してくれた。

『安曇野《あずみの》の有名なわさびソフトなんだ。ちょっと食べてみて』

『ツーンとする！　でも、美味しい』

そんな他愛ない会話を交わしたのがこの場所だったのだ。

七菜は東京の不二子たちに訴えた。

「二郎さん、ホワイトタイガーが一番好きだって言ってたから、ここにいれば会えると思って……」

「とにかく、生きてたならよかった」

千代が割り込んだ。なにせ火災の後別れたきりだ。実は一番心配していたのが声に出ている。

「未練がましいことやってないで、帰ってきなさいよ」

五月の言葉はきついが思いやりが見え隠れしている。

「放火した男のことなんか忘れてさ」

三和はまだ二郎を放火犯と決めつけているのが七菜にはつらい。

「白樺ふれあい動物園、今日零下五度……寒過ぎます」

サランはデータ重視だ。それなりに気を使ってはいる証拠ではあるのだが。

「皆さん、どうしてわかってくれないんですか。二郎さんは放火なんかしてません！」

横でハヤトとユキが大きくうなずいた。

「二郎さんは、あの牧場も私のことも愛してました」

「重症だね」

不二子は一刀両断に切り捨て、電話を切った。

「あ、もしもし？　そっちからかけてきて、なんで切るのよ！　冷た過ぎ！」

もちろん七菜の叫びは東京の千代たちには届かない。

涙ぐんだ七菜の姿を物陰から見ている男の影があった。

二郎である。

数日後、九十九邸の庭には、雷鳥牧場で働いていた従業員たちが押しかけてきていた。

「ドンさんに頼んでください！」

彼らが望んでいるのは牧場の再建だ。

応対に出たのは、弁護士である美都子と三郎、四郎だ。

「お気持ちはわかりますが、あの土地はいっぺん更地にしなければなりません」

「わしら、あの牧場がなくなったら、生きていけねえ！」

美都子の言葉に、正夫と呼ばれているリーダー格の男が反論した。それは全員の悲痛な思いでもある。

「二郎が皆さんを裏切るような真似《まね》をして、本当に申し訳ありません。しかし、ご安心ください。皆さんの当面の暮らしは保証します。働き先も世話します」

三郎はそう言うと、四郎とともに派遣先や社宅の書類を配り始めた。

「ご覧ください。お住まいもちゃんと用意してあります」

四郎が畳みかける。

確かに配られた書類には、アルプス雷鳥グループの関連企業での仕事の斡旋《あっせん》、社宅用の共同住宅の確保と書いてあった。

詰めかけた従業員たちは、信じていいのだろうかと困惑し、互いに顔を見合わせた。

「皆さんのご先祖が苦労して耕した土地は命に賭けて守るとドンも言っています。よそ者の父を受け入れて育ててくれたのは正夫さんたちとこの土地ですから、恩返しさせて欲しいと」

美都子はそう言うと、正夫の手を両手で包み込んだ。

「ドンが……」

正夫は心底感動したようだ。本気で道山に期待したいと思っているようだった。というのも、道山の事業を成し遂げる手腕は誰もが知るところだったからだ。

九十九道山はこの土地で生まれ育ったわけではない。関西からやってきて、九十九百之輔の娘雪子《ゆきこ》と結婚し、あれよあれよという間にこの土地の実力者に上り詰めたのだ。

三代前から開墾作業をして少しずつ土地を増やしていた百之輔だったが、道山の代になると九十九家のビジネスは一気に拡大した。

牧場など本来の酪農に加え、不動産業や観光事業に手を広げ、地方活性化を謳って住民たちの土地を安く買い叩いた。事業は当たり、九十九一族はますます富み、土地を手放した者たちは道山の経営する牧場や会社で働く一介の従業員になったのだった。

それはすなわち雇用する側である九十九一族、つまりは九十九道山の判断ひとつで生活のすべてを左右されるということでもあった。

正夫たちは、この時点で道山が本当に、消えた二郎のかわりに自分たちを救ってくれるのだと信じていた。

6

数日後、仕事を終えた千代は、自宅でもあるラーメン萬に帰ってきて驚いた。なんと七菜がいたのである。

「先輩！」

やたら元気そうだ。

「あ、やっと帰ってきたんだ」

千代は少しホッとする。

店内には、やはり仕事帰りらしい不二子、三和、サラン、五月も顔を揃えていた。

「お客さんを連れてきました」

その言葉に七菜の後ろを見ると、カウンターに航一とハヤト、ユキがいた。

「先日はお世話になりました」

千代は航一に頭を下げた。雷鳥牧場の火災、市長の焼死体を見てしまったこと、七菜の嘆きは幾多の修羅場をくぐってきた千代といえども、それなりに堪《こた》えた。そんな時に航一のつくるラーメンと子供たちを案じる優しさにどれほど救われたかわからない。

「この人たち、困ってるんです」と、七菜はあっけらかんと言った。

「ここに来れば、助けてくれるって七菜さんから聞いて」

航一は少しすまなそうな微笑《ほほえ》みを浮かべている。航一に七菜は一体何を話したのだ。

「まったくあんたは毎度毎度」

不二子が呆れ返る。

「うちは慈善事業じゃないんだからね」

三和がテーブルを叩く。

しかし、七菜は全く動じない。過去にも近所の八百屋夫婦を困っているから助けたいと連れてきて、とんでもないミッションに発展したことがあった。いつもいつも捨て猫を拾ってくるかのごとく面倒で危険なトラブルを持ち込むのだから困ってしまう。

「失礼ですけど、あなたは？」

五月が航一に尋ねた。

「雷鳥牧場の近くでラーメン屋やってます、緒方航一といいます」

「わざわざ信州から？」

サランが驚いて聞き返した。千代は皆には航一と出会ったことを話していなかった。はるばる信州からやってきたのだ。こうなってしまえば話も聞かずに帰すわけにはいかない。

それに千代は正直航一に再び会えたことに、少しだけ胸がときめいていたのも事実だった。

「それでお困りのことというのは？」

千代の言葉に仲間が驚いた顔をしたのも無理はない。日頃は一番クールで、冷静な千代が文句も言わずにトラブルに首を突っ込もうとしているのだから。しかし、千代は気づかない振りをした。

「はい、お待ち遠さま。醤油ラーメン三丁！」

萬が三人の前にラーメンを置いた。話はまず腹を満たしてからというわけだ。

「味噌じゃないんだ？」

「信州味噌ラーメンがよかったな」

ハヤトとユキは、食べ慣れた味噌ラーメンとは違う澄んだスープのラーメンに不服そうだ。

「おまえら味噌しか食ったことねえだけだろ。醤油もうめえぞ。さあ、いただこう」

航一が優しく子供たちを諭し、自ら真っ先に箸を取った。それを見たハヤトとユキもラーメンを食べ始めた。その途端に「うまっ！」「美味しい！」と声が出る。

萬はそんな子供たちを微笑んで見守った。

「ラーメンが美味しいと思う人生を送れ。腹いっぱい食べて寝れば、大概のことはなんとかなる」

萬がいつものセリフを言った。それは航一が自分の店で話していたことと同じだ。千代は航一がやさしい笑みを浮かべているのを見て、ドキリとした。これはときめきというものなのだろうか。こんな時に。自分でも胸の高鳴りに戸惑った。

「この子たちは、二郎さんの牧場を手伝ってたんです」

七菜はハヤトとユキを心配そうに見やった。

「え、まだ子供じゃないの」

五月が驚きの声を上げる。

「中学生？」

「学校には行ってねえ」

千代の問いかけにハヤトはふてくされたように、かつ半ば誇らしげに答えた。

「不登校の子たちを二郎さんが預かって、牛の世話や勉強を教えてたんです」

七菜は一同に二郎がやっていたことを説明し始めた。

二郎は、牧場の仕事を手取り足取り丁寧に子供たちに教えていた。

「二郎さんはすごく親切だった」

ハヤトが涙を浮かべんばかりに二郎に教わったことを話し始めた。

（牛はなあ、一度に三リットルも水を飲むんだぞ）

（おなかガブガブになっちゃうんでねえ？）

（平気さ。この北アルプスの水は、牛にとっても上等なごちそうだ）

そんな会話を交わしながら、二郎はさまざまなことを子供たちに自然な形で教えていた。

身近な牛の世話から始まり、二郎は北アルプスの地形や構造が糸魚川《いといがわ》静岡構造線と呼ばれる大活断層にかかること、そのためにアルプスが高く隆起し、豊富な雪が降り、それによって良質な水が生まれたことなどを語って聞かせてくれたのだ。それは学校に行かずとも学べる豊かな知識だった。

子供たちは泉で汲《く》んできた水を牛に与え、乳を搾り、さまざまなことを実践的に学びながら農場で成長していたのだった。子供たちの将来を二郎は本気で考え、いろいろな計画を立てていた。

「牛や自然にみんなで触れ合うことで、人と人とのつながりや思いやりを学んでほしいって、二郎さん言ってました。この子たちは、ここなら伸び伸びと生きていける。この土地は宝物だって。その二郎さんが放火なんかするわけないです」

七菜は真剣に訴えた。皆黙って聞き入っていた。

シーンとなりかけたところに、航一が丼をトンと置いた。スープ一滴残さず平らげていた。

「ああ、うまかった……いただきました」

そう言って手を合わせた。

「ごちそうさま」

「航一の味噌ラーメンと同じぐらいうまかった」

「だね！」

味噌ラーメンしかラーメンとは認めないような顔をしていたハヤトとユキも満足そうである。

千代はそっと航一の横顔を盗み見た。ああ、やっぱり魅力的だ。

「ひとつ聞かせてもらおうか」

遠方からの客たちの腹が満ち足りたところで萬が切り出した。

「二郎を探してほしいの！」

ユキが叫んだ。

「二郎と牧場やりてえんだよ！」

ハヤトの表情も真剣そのものだった。

「この子たちだけじゃない、引きこもりだった若者や、年取って畑仕事できなくなったじいさんやばあさんも、みんなで助け合って働いてきたから……あの牧場がなくなったら生きていけない人間がたくさんいるんです」

航一が子供たちの言葉を補足する。

「牧場はいずれ再建するんじゃないんですか?」

萬の問いは千代も思っていたことだった。特にあのドンこと九十九道山の従業員たちへの土下座を見ているのだ。ちゃんと牧場は再建してくれるのではないのか。

千代は思わず口を挟んだ。

「火事の後、信州のドンは、みんなの前で償うって言ってましたけど」

「そんな綺麗事《きれいごと》じゃねえ」

航一は鋭く吐き捨てた。

「九十九道山は、あの一帯のリゾート開発を進めているようです」

「リゾート開発?」

「市長と二郎は反対していた。それで市長は消されたんじゃないかと」

突然の爆弾発言に萬も千代たちも言葉が出ない。まさか実力者とはいえ一介の一事業者が市長を殺したというのか。

だが、千代の脳裏に子牛に優しい言葉をかけた直後に、表情ひとつ変えずにその首を叩き落した道山の姿が浮かんだ。

あの男だったら、口では思いやりがあるような言葉を吐いておいて、陰で汚いことだってやるかもしれない。考え込んでしまった千代に不二子が気づいた。

「千代、どうかした?」

「二郎さん、無事だといいけど……」

つい本音がこぼれる。

「先輩！　縁起でもないこと言わないでください」

七菜がたちまち泣きそうな顔になった。それはそうだろう。七菜は二郎が放火などするはずはないと確信は持っていても、無事かどうかは別問題なのだ。

パソコンを叩いていたサランが鋭く言った。

「見てください、これ」

そこには古いニュース記事があった。覗き込んだ萬と秘書たちは驚きで一瞬言葉を失った。

なんと元財務大臣の粟田口十三《あわたぐちじゅうぞう》が総務大臣時代に九十九道山と笑顔で握手をしている写真が大きく掲載されていたのだ。粟田口は萬や秘書たちにとって、因縁の相手ともいうべき政治家だ。

『アルプス雷鳥ホテル　2002年7月15日開業

粟田口十三総務大臣視察

信州観光の新たな拠点に』

そんな見出しが大きく躍っている。この時点では、ホテル開業のことが目玉だが、明らかに一大リゾート開発を目指していることがわかる記事だった。

「粟田口と信州のドンが？」

思わず千代の口から驚きの声が出る。

ここにいる女たちが地位ある者の秘書だった頃、その悪事を暴かれた粟田口によって、それぞれが報復のように職を追われたのだ。まさに全員にとって天敵のようなものだ。

その粟田口は今は収賄罪で収容されているはずだ。だが、まるで亡霊のように利権のにおいがプンプンする信州でのプロジェクトに関係していたとは。

「もう二十年くらい前のことみたいだけど、類は友を呼ぶってことか」

かつては警視庁警務部長の秘書で、自らも警部補まで上り詰めていた不二子がつぶやく。

「九十九道山、キナくさくなってきたぞ」

五月が妙に目を輝かせた。

「私、ドンと戦うよ！」

けなげにもユキが胸を張った。

「俺も、二郎の牧場を取り返す！」

競うようにハヤトも拳を握りしめる。だが、航一が制した。

「やめとけ、危ない真似すんな」

そして、航一は萬の方へ身体を向け、居住まいを正した。

「俺はしがないラーメン屋だけど、こいつらや牧場のじいさんたちを放っておけなくて……。九十九二郎を探してください。そして、ドンからあの土地を取り戻してください」

航一の目は真剣だった。

「わかりました――ここから先は引き取らせてもらおうか」

萬の一言で、千代たちは仕事人の目になった。七菜だけが今回は当事者であり、緊張と決意の混じった少しだけ違う表情になった。

千代は航一に力強く頷《うなず》いてみせた。自分たちが乗り出す以上、真実を暴いてみせる、と。

そして、千代はこの時の決意が予想もしなかった形で結末を迎えることなど夢にも思っていなかった。ただこの時は、困難なミッションをやり遂げ、困っている人たちを救いたい、ただその思いだけで燃えていた。

7

数日後。

雪深い信州に秘書たちの姿があった。もちろんメンバーはいつもの千代、不二子、サラン、三和、五月、そして今回は半分は依頼人のような形になっている七菜である。

忘れてならないのは、不二子の息子仁だ。たとえ一泊であっても、今は息子と離れることなど考えられない不二子は抱っこベルトで仁をしっかり身体にくりつけている。たくましい。

一同は少し離れたところから九十九邸を見つめていた。

「あれが本丸か……」

五月がキリリとした顔で言った。

「燃えますすね」

サランは妙に嬉しそうだ。腕が鳴るらしい。

「不二子ちゃん、子連れで大丈夫？」

「育休取ってきた」

三和の問いかけに不二子は不敵な笑みで返す。

「母は強いね」

千代は心の底からつぶやいた。もともと美しく武道の達人だが、母になってたくましさを増したと感心しているのだ。

「では、皆さん、よろしくお願いします。私はまだ心の傷が癒えないので」

どこまで本当だかわからないが、七菜は殊勝な顔で頭を下げた。自分は傍観者でいようということか。

「未練がましく、また白樺ふれあい動物園？」

五月のツッコミは図星だったようだ。

「図星だね。じゃ、ベビーシッターよろしく」

不二子は七菜に仁とマザーバッグを押しつけた。

「仁、動物園連れていってくれるって。よかったね」

ところが、仁は気持ちよく母に抱かれていたのに、引き離されて泣き出した。力強い泣き声である。

ベビーシッターなどしたこともない七菜は途方に暮れた顔になっている。

「え？　あ、ちょっと！　困るんですけど〜。あー、よしよし泣かないで」

戸惑う七菜を置いて、五人の秘書たちは作戦に向けて散っていった。

萬の作戦は、まず九十九道山の四男四郎が経営するリゾート会社を探ることからだった。

雷鳥リゾートは市街地の中に自社ビルを持っている。信州を拠点に夏は避暑客、冬はスキー客と関東や関西、中部から幅広く集客を行い、さまざまな宿泊プランを販売していた。またアルプス雷鳥グループの不動産部門と提携して別荘の斡旋なども行っている。

この日、四郎は商工会議所の幹部たちと会議を兼ねた昼食をとった後、会社に戻ってくることはわかっていた。

最初に接触したのは三和である。ファーのついた黒のエレガントなカシミアのコートの下は胸元が開いたスーツ。髪はカッチリと結い上げ、黒縁の眼鏡をかけた。セクシーでありながらもいかにも仕事がデキる女という感じである。

そして、会社に戻ってきた四郎にロビーで声をかけた。

「すみません。九十九四郎社長でいらっしゃいますね」

怪訝《けげん》そうな表情を浮かべた四郎に三和はにっこりと微笑みかけると、名刺を手渡した。

「私、信州飛驒《ひだ》新聞の風間と申します。北アルプスリゾート開発のニューリーダーにお話を伺いたいんです」

「忙しいんだよ、ちゃんとアポを取ってもらわないと」

おや。三和の色仕掛けが効かないのか。四郎は足も止めずにエレベーターへ向かった。

三和もすかさず一緒に乗り込む。

「そこをなんとか、お願いします」

ここで眼鏡をはずし、潤んだ瞳で見つめた。

「しょうがないな……ちょっとだけだよ」

なんとか成功か。三和はそのままオフィスに招き入れられ、会議室で取材ということで話を聞くことになった。

その直後に会社の受付にやってきたのは、山歩きからそのまま街へやってきたような出《い》で立《た》ちに三つ編みのツインテールという素朴な格好をした不二子だった。

「九十九社長とお約束した、こういう者です」

受付に差し出した名刺には「月刊トレッキング　記者　長谷不二子」とある。

受け取った受付嬢はすぐに秘書室に電話をかけた。

「『月刊トレッキング』の長谷様がお見えです」

しかし、すぐに受付嬢は困ったような顔を不二子に向けた。

「申し訳ございません。社長は今別の取材を受けておりまして」

「では、上で待たせていただいてもよろしいですか」

不二子はなんなく雷鳥リゾートのオフィスに入り込んだ。

社長室に向かうと、若い男性秘書が応対に出てきた。

「『月刊トレッキング』の長谷です。一時のお約束なんですが」

時刻はすでに一時を回っている。不二子はわざと困ったような顔をして見せた。

四郎社長は乗せ上手な三和の巧みな話術にハマり、少し離れたガラス張りの会議室で気持ちよさそうにいかに自分が優れた社長で、いかに雷鳥リゾートがこれから信州を一大観光事業の中心として盛り上げていくかということをまくし立てていた。

「信州を変えるには、若いあなたのようなニューリーダーが必要です」

三和のおだてに四郎はますます調子に乗って止まらない。実はいつも道山に叱り飛ばされてばかりいて、経営者としての自分の能力にはあまり自信がないのかもしれない。

「申し訳ございません。もう少々お待ちください」

気弱そうな男性秘書は、そんなアポイントがあったことを自分が失念していたのだと思い込み、申し訳なさそうに不二子に頭を下げた。

「では、社長室で待たせていただいてもよろしいでしょうか」

さすがにこれには渋い顔をした。だが、今日の不二子は素朴な服装とほとんどスッピンに近いメイク。邪気なんてこれっぽっちもありませんといった風情だ。

その顔でニッコリと微笑むと、堅苦しい秘書もたちまち落ちた。

「どうぞ」

「ありがとうございます」

不二子は一人社長室へ急いだ。

しかし、一つ予想外のことがあった。なんと、社長室のドアを開くと、真っ先に目に飛び込んできたのは、二頭のドーベルマンだったのだ。広々とした社長室のかなり広い一角に柵を設けて、中に放し飼いにされている。まさかこんな大きなペットを社長室の中で飼っていたとは。

黒く艶やかな毛並みに鋭い目。闖入者《ちんにゅうしゃ》の不二子を見ると、ウウッとうなり声を上げた。

不二子は一瞬怯《ひる》んだものの、慌てなかった。

「シーッ、怪しい者じゃないの。ちょっとパソコン借りるだけ」

その言葉が通じたわけでもないだろうが、犬たちは吠《ほ》えることはなかった。

不二子はすばやく大きなデスクの上にあるパソコンにUSBメモリーをセットし、データのコピーを開始した。幸い面倒なコピーガードはかかっていない。

数分後、ガラス張りの会議室でニセのインタビューをしていた三和は、廊下を通り過ぎていく不二子と目を見交わした。

四郎はおだてられ、すっかり気持ちよくなって、滔々《とうとう》としゃべり続けている。

「信州は、ヨーロッパでいうとスイスのような森も湖もとっても美しいところなんだよね。でね――」

ここで三和は遮った。

「すっごくいいお話を伺えました。ありがとうございました」

「ついしゃべり過ぎちゃったよ」

三和は素早く立ち上がると、改めて優雅に礼を述べ、足早に会議室を後にした。

そこに入れ代わりに入ってきたのが秘書である。

「先ほどから『月刊トレッキング』の記者の方がお待ちです」

「記者？」

「一時にお約束の」

「約束なんかしてないぞ」

見ず知らずの人間を社長室に通したと聞いた四郎は慌てて自分の部屋へ駆け出していった。もちろんそこには番犬よろしく二匹のドーベルマンがいて、一見何も変わったところはなかった。もとより証拠を残すような不二子ではない。

しかし、この後、あまりにも脇の甘い男性秘書がクビになったのは当然のことであった。

秘書たちの今回の作戦本部はひなびた温泉宿である。温泉街でもはずれの方にあり、目立ちにくい。ついでに言うなら宿泊料も安い。そして、温泉の質がいいことはわかっていた。

不二子は素朴なみやげ物が並ぶカウンターの前で仲居から仁を受け取った。仁の子守に不慣れな七菜が子育てエキスパートの仲居に頼み込んで見てもらっていたのだ。

「仁、ただいま。いい子にしてましたか？」

仲居の腕から仁を抱き取る不二子は、先ほどの潜入捜査の時とは打って変わってすっかり母の顔に戻っている。

「ほんまにめんこい子。うちの子にしたいわ。お母さん、仕事大変なんじゃろ。いつでも預かるからねえ」

出張で来ているという体《てい》なので、仲居は不二子に同情的だ。

「助かります」

不二子は仁を部屋に連れ帰ると、暖房をよく効かせた部屋で寝かしつけた。仁は本当に手のかからない子で、ミルクをたっぷり飲むとすぐに眠ってくれた。

女神か菩薩《ぼさつ》かというほど優しい顔で仁にそっとおやすみを言った次の瞬間、不二子は仕事人の顔になり、仲間の方を向いて言った。

「雷鳥リゾート、相当ヤバイよ」

そして、サランにデータの入ったUSBを渡す。サランはすぐに自分のノートパソコンにデータを移行する。

「サラン、解析できる？」

「私を誰だと思ってるんですか」

千代の問いかけにサランは不敵に笑って親指を立てた。

すぐにモニターに「アルプス雷鳥グループ統合型リゾート開発設計図」というタイトルの図面が現れた。

「あ、五月さんもお屋敷に潜入成功したみたいです」

同時に五月からの着信も表示された。まずは九十九邸の間取り図が表示され、赤く点滅する点が浮かび上がった。そこが五月のいる場所だ。

間もなくカメラを置物の陰に設置しようとしている五月の顔が映った。

五月もまた九十九家に家政婦として潜入に成功していた。今回の制服は誰の趣味なのか典型的なメイド服姿。なかなかラブリーである。

掃除する振りをしながら邸内を探ろうというわけだ。パタパタとハタキをかけながら、広い邸内を見て回る。

ふと見ると、広大な庭と向こうに広がる山林を見渡す窓の前に椅子が置いてあり、毛皮のついた巨大なぬいぐるみが載せてあるではないか。五月はなんでこんなところに？といぶかりながらもパタパタとハタキをかけた。

すると、ぬいぐるみが動いた。五月はギョッとした。なんとそれは人だった。しわの刻まれた顔、サングラス越しにも鋭い目つきの老人だった。

五月は息が止まりそうなほど驚いた。

「ご、ごきげんよう。アルプス家政婦センターからやってまいりました、鰐淵と申します」

聞こえないのか。老人は何も言わない。五月は再び大声で同じことを繰り返した。

またギロリと睨《にら》まれた。聞こえてはいるようだ。ここは怪しまれないうちに退散した方がよさそうだ。

「お勝手口はどちらでしょうか」

置物のような老人は静かに指で左奥の方を示した。

「あっちですね。ご親切にどうも。失礼いたしました。私、家政婦のワ・ニ・ブ・チでございます。以後、お見知り置きくださいませ」

と、丁重に頭を下げ、その場を後にした。

十分離れたところで隠しマイクに「あぶなかった」とささやいた。

温泉宿で無線を聞いていた千代たちもホッと胸をなでおろす。

「あのおじいちゃんね、私も置物かと思ったら、生きてててびっくりした」

千代は先日の七菜の結婚式の時に化粧室を探していて遭遇した時の話を皆に披露した。

その間にもサランの指は九十九一族のことを調べていた。画面に顔写真とともに一族の家系図が表示された。

「九十九百之輔。雷鳥牧場をつくった創始者です」

「あのおじいちゃんが？」

そこには若き日の百之輔のセピア色の写真があった。なかなかの好男子である。当初は今ほどの財力は持っていなかった。道山がその後大きくしたということらしい。

「道山の息子は、二郎、三郎、四郎、五郎丸……」

二郎は七菜の婚約者で、三郎はいつもカウボーイハットをかぶっているステーキハウス雷鳥の社長、そして四郎がまさに今日三和と不二子の連携プレーでデータを入手してきた雷鳥リゾートの社長、五郎丸は生意気な小学生だ。

「九十九美都子は、道山の養女で、顧問弁護士」

あの美しい女性は養女なのか。千代はそつなく振る舞っていたスラリとした美都子の姿を思い出していた。

「これで全員？」

三和が尋ねた。

「あともう一人、長男がいます」

サランはさらにキーボードを叩いたが、長男とされる人物の顔写真は出てこない。つまりアルプス雷鳥グループの事業には携わっていないということなのだろう。

これらの情報は東京にいる萬とも共有されていた。萬はパソコンの画面を睨み、一人考え込んでいた。

「……九十九……美都子……」

萬の思いは秘書たちに知られることはなかった。

8

深夜。

千代は一人で信州ラーメン店「味噌いち」に来ていた。他に客はいない。静かな店内で火にかけた鍋がコトコトと立てる音と静かに立ち働く航一の衣擦《きぬず》れの音だけが聞こえていた。

「今日は試作品を食べてみてください。中東の知り合いが珍しい香辛料を送ってくれたんで」

中東にも知り合いがいるなんて、顔が広いんだなと千代は思った。

「おもしろそう。お手伝いしていいですか」

「もちろん」

少し意外そうだったが、航一は千代を厨房《ちゅうぼう》に招き入れた。

タオルを借りて髪をまとめ、エプロンをつけ麺をこね始めた。粉のかたまりがだんだんと弾力を増していく。何年も前に兄に教わったこね方はまだ身体が覚えていた。

「うまいな」

「ラーメン屋の娘ですから」

先日七菜がラーメン萬に航一と子供たちを連れてきた時、もともとは千代と兄の家なのだと簡単な説明はしてある。

航一は真っ赤な香辛料をすり鉢でつぶして粉状にしていた。ツンと鼻にくる香ばしい香りが立っている。これを麺に練り込もうというのだ。なかなか斬新な発想だ。

千代がこねる麺生地に航一が上からすりつぶした香辛料を降らしていく。息がかかるほど距離が近い。千代の心臓がドキンと跳ねた。

「……航一さん。九十九家の長男のこと、調べさせてもらいました」

千代の視線は麺をこねながら下に向けている。航一が今どんな顔をしているのかはわからない。言葉は返ってこない。

「この町にいないとしたら、外国にでも行ったのかと思ったら……まさかこんな近くにいるとは」

千代が顔を上げた。航一は少し困ったような顔をしていた。

「……もうそこまで調べましたか」

「どうして黙っていたんですか」

九十九家の長男ならば、困った人たちを助ける手段だって何かあったのではないのか。だが、それは言葉に出さなかった。事情があるのは理解できる。

「あんな男の息子なんて引くでしょう」

そこで航一は口調を変えた。

「わしは浪速《なにわ》から来たドンや！　わしに逆らうヤツは全部つぶしたる！」

道山にそっくりだ。千代は思わず噴き出した。

「似てる。さすが親子ですね」

「……物心ついた時から、親父とは折り合いが悪くて、早く親子の縁を切りたかった。ボランティアでアフリカや中東を回って、二度と戻らないつもりで……九十九の姓も家も捨てた」

たしか緒方というのは亡くなった祖母の旧姓のはずだ。つまり航一は父と訣別《けつべつ》を決めた時から祖母の名字に変えたのだろう。

「なのに、故郷だけは捨てられなかった。ここが好きなんだな」

航一は照れたように笑った。その微笑みは嘘《うそ》ではないと千代は信じたかった。

やがて新商品候補のラーメンが出来上がった。香辛料を練り込み、麺は赤い。

二人は同時に食べ始めた。そして、同時に叫んだ。

「不味《まず》い！」

「これは失敗だ」

麺に味がつき過ぎていて、完全にスープの出汁のうまみを殺している。これはもはやラーメンとはいえない。

そして、二人は顔を見合わせ心の底から笑った。

千代は久しぶりに男に対して無防備になりそうな気持ちを自覚していた。それは嫌な気分ではなかった。

一週間後。

九十九邸の車寄せに次々と黒塗りの高級車がやってきた。

最初の車の助手席から降り立つスーツ姿の女――不二子である。不二子はすぐに後部座席のドアを開けた。

降りてきたのは三郎だった。

次の車の助手席からは三和が出てきて、やはりテキパキとドアを開ける。こちらの車から出てきたのは四郎である。

不二子も三和も完璧な秘書としての立ち居振る舞いだ。

その頃、邸内では、ゲームで遊んでいる五郎丸を五月が促していた。

「お坊っちゃま、お時間です」

五郎丸はウンとうなずくと、五月にゲームを手渡し、立ち上がった。

三人の息子たちは、邸内の大広間に置かれた大きなテーブルに着席した。すでに美都子も着席している。

道山が階段の踊り場から子供たちを見下ろした。家族ではなくまるで王が臣下に対するような態度である。それは血を分けた我が子に対する愛情などとはかけ離れたものだった。

そして、ゆっくりと席に着く。それを助けるのは、なんとサランだった。

大広間には道山と三人の息子、養女の美都子がそろったわけだが、この時それぞれのボスに仕える従順な秘書——という風情で潜入した不二子、三和、サラン、そしてメイドとして五郎丸の世話係になっていた五月もいた。ここにいないのは千代だけだ。

全員がありとあらゆるツテと話術を駆使して、巧みにそれぞれの陣営に入り込んだのである。

サランが道山にささやく。

「皆さん、おそろいです」

そして、会議資料を表示したタブレットを渡した。

道山がおもむろに口を開いた。

「紹介しとこ。新しい秘書のパク君や。ここはこれから国際的なリゾート地になるさかいに、英語も韓国語もペラペラの子をビズリーチしたんや」

そして、道山は息子たちとその背後に控える秘書たちを見た。

「なんや、おまえたちも新しい秘書さん雇ったんか」

先ほどから他の秘書たちの全身をなめ回すように見ていた三郎が口を挟む。

「美人ばっかりだな。名前は？」

「名乗るほどの者ではございません」

不二子、三和、サランの声がそろった。それを聞いて道山が笑った。

「気に入った。三人とも奥ゆかしいところが秘書の鑑《かがみ》や。ほな、始めようか」

「まず、牧場跡地の再利用について資料をごらんください」

全員の手元のモニターが美都子の操作によってリゾート開発の計画状況を示す図面に変わった。

その時だった。ドアが大きく開け放たれた。

入ってきたのは、なんと緒方航一。スーツを着て髪をまとめた秘書としての千代がつき従っている。

道山が鋭い目つきで長男である航一を見た。

「これはこれは、珍しい人が」

三郎が皮肉な口調でからかうように言い、四郎は冷たく兄を見た。しかし、航一は動じた様子もなく堂々としている。

「ご無沙汰《ぶさた》してます、お父さん」

「お父さんやと？　ぬけぬけと。今頃何しに来たんや」

「私が呼んだんです。牧場の土地の一部は、長男の航一さんにも権利があるので」

そう言うと、美都子は千代を見た。先日会ったばかりだ。当然覚えているだろう。戸惑いが隠せていない。

「あなた、披露宴にいらしてた方よね」

「このたび航一店長の秘書を務めることになりました」

千代は丁寧に頭を下げた。

五郎丸が噴き出した。

「ラーメン屋の秘書なんて聞いたことない」

幼くても自分たち兄弟の複雑な出生は心得ているのだ。そして、長兄が父から疎まれていることもわかっていて舐《な》めている。

航一は、弟たちのさげすむような視線にも動じず、道山の向かいの席に腰を下ろした。

千代はその背後に控える。

「今日集まったのは、牧場の跡地について話し合うためですよね」

「ええ」

航一の問いかけに美都子がうなずいた。

「だったら、この面子《メンツ》で話すのは間違ってます。牧場主は二郎です」

「兄さんは自分で火をつけて逃げたんだ」

「警察も放火容疑で追ってます」

三郎と四郎は、知らないのかといわんばかりに航一に反論した。しかし、弟たちなど無視して、航一は道山に厳しい目を向けた。

「警察に圧力をかけるのはお得意ですよね」

警察には二郎を放火犯と思わせているということか。それならば、もしも二郎を警察が見つけたとしても、すぐさま逮捕され、こちらの事業に口を出せなくなる。

「そこまでや。おまえはこの家から逃げた男や。ここにいる資格はない。さっさとラーメン屋引き払《はろ》うて、あの土地から出ていけッ」

航一は答えのかわりに父の目を冷たく見た。

「金なら払う。いくら欲しいんや。言うてみい」

道山と航一が親子とは思えぬ温かみの欠片《かけら》もない表情で睨み合う中、階段の上のドアが開いた。

人々の目が注がれる。

そこには喪服のドレスに黒いベールをかぶった女の姿があった。

「皆さん、遅れてすみません」

「誰だ、君は！」

三郎が鋭い言葉を投げつけた。

女はゆっくりとベールを上げた。

それは七菜だった。

「七菜さん、どうなさったんですか」

美都子が驚きの声を上げた。七菜は落ち着きはらって皆に近づきながら言った。

「呼ばれてないけど来ました。牧場の土地に関しては、私にも発言する権利があるはずです」

「そんなアホな。式も挙げてへんのに、関係あるかい」

道山がかみつかんばかりに言った。

「いいえ、大いにあります」

背後の扉から男の声がした。

真っ先に目をやった美都子の表情が一瞬変わったのを千代は見逃さなかった。

そこにいたのは萬だった。

「誰や」

「私が雇った司法書士の萬先生です」

ラーメン屋を経営してはいるが、萬はれっきとした司法書士の資格も有している。

七菜の言葉を合図にするかのように、萬は一通の書類を美都子に差し出した。

「九十九二郎さんと七菜さんは、挙式の前にすでに婚姻届を提出しています」

美都子がそれを見て顔色を変えた。それは記入済みの婚姻届のコピーだった。日付は結婚式が行われるはずだった日の十日前。

「二郎のドアホが！」

道山はコピーを見て、激怒した。

「お父様、この人やっぱりうちの財産を狙ってたんですね」

五郎丸までもが道山を見上げ、いっぱしの嫌味を言う。

「秘書のくせに、うちのファミリーに加わろうなんて、厚かましい」

三郎の言葉に千代、不二子、三和、サラン、五月が一斉にキッと睨みつけたが、三郎はそんなことに気づくようなデリケートさなど持っていない。

「お父さん、離婚させましょう」

「今すぐ別れろ」

三郎と四郎が七菜に詰め寄る。

「絶対に嫌です。私は二郎さんを愛してます。心から愛してます」

「マッチングアプリで二郎をひっかけたような女が何を言うか」

「二度とうちの敷居をまたぐな」

三郎と四郎はかみつかんばかりに七菜を脅す。

しかし、口で攻撃するよりも恐ろしいのが、じっと七菜を見つめる道山の目だった。

七菜は怯《ひる》まずに道山を見返していた。

「あまりにも急なお話なので、今日のところは閉会します」

美都子が一触即発といった一同の中に割って入った。そして、萬に向き直って言った。

「改めて話し合いの場を持ちましょう」

「わかりました」

萬と美都子の視線が交錯した。


数分後、萬は一人九十九邸の庭にいた。小雪がちらついている。夜までに積もるかもしれない。欲望うずまく家族ではあるが、取り巻く自然は美しい。皮肉なものだと萬は思っていた。

雪を踏みしめる足音に振り向くと、そこには美都子がいた。二人は軽く微笑み合った。

ここにいれば美都子が来ると思っていた。

「萬君、しばらく。……驚いたわ」

「こっちこそ。まさか松本《まつもと》が顧問弁護士とは」

「……もう松本美都子じゃないの」

美都子はポケットから名刺入れを取り出し、一枚萬に差し出した。

『アルプス雷鳥グループ　顧問弁護士　九十九美都子』

「よろしく、九十九先生」

「大学を卒業してすぐこの家の養女になったの」

「俺はてっきりこの家の誰かと……」

「結婚したと思った？」

「ああ」

「あれからずっと男運なくて」

美都子は自嘲するように笑った。さみしげな笑顔だった。

「萬君は？」

「俺もこの歳《とし》まで独り身だよ」

美都子の顔が少しだけ明るくなる。

「なんだ、そっか。私を振ったバチが当たったのね」

萬は苦笑するしかなかった。

萬と美都子は大学時代の法学部の先輩後輩。

図書館で勉強をしているとたびたび顔を合わせ、同じ本に手を伸ばしたことがきっかけで話をするようになった。友達以上恋人未満といった間柄で、淡い青春を過ごした仲だった。

それが今になってこんな場所で美都子に再会するなど、想像もしていなかった。しかも、今この瞬間こそ互いに懐かしさだけを感じているが、置かれた立場を考えれば、美都子はアルプス雷鳥グループ、いや義父道山のためならどんな手を使ってくるかわからない。

七菜のことを思えば、萬もまた全力で戦わなくてはいけない時が来るはずだ。そうなった時には、二度と笑みを交わし合うことなどできなくなるだろう。恐らくその気持ちは美都子も同じだったのだろう。

二人はそれ以上言葉を発することもなく、雪の彼方に目をやった。

萬と美都子のそんな複雑な空気を屋敷の中で見ていたのが三和だった。

二人の様子を見れば、決して初対面ではなく、過去に何かがあったのだろうということは容易に察せられた。

三和は黙って窓に背を向けた。複雑な気持ちがその顔に表れていた。

危険な作戦も萬の立てたものなら、どんな任務でも飛び込んでいけた。それは信頼があるからだと以前は思っていた三和だったが、今は、それが確かな恋心だと自分でもわかっているのだった。

一連のことに気づいた者は他にはいない。

雪が強くなり始め、やがて窓の外に白いベールを下ろした。

9

九十九邸で関係者全員が顔を揃える場に航一と七菜が登場し、リゾート開発で決して道山の好きにはさせないという意思を見せる作戦はひとまず成功だったといえよう。

夜。千代、不二子、三和、サランと七菜はそれぞれの潜入先から温泉宿のロビーに集まっていた。

「なんで喪服なの？」

千代が今日一日ずっと思っていた疑問を口にした。

「だって、喪服の方が気分が上がるじゃないですか」

「あんた一人だけ楽しんでない？」

七菜のノーテンキな物言いに不二子が冷たく言い放つ。

「七菜さん……秘書として潜入するの、皆すごく苦労したんですよ」

サランに真面目に言われ、さすがの七菜もしゅんとなった。

確かに喪服の若妻というのは、映画ならば最高にドラマチックな存在だが、七菜はそもそも二郎は生きていると信じているのではなかったのか。皆に突っ込まれるのも無理はなかった。

七菜がいたたまれなくなったところにやってきたのが萬と五月だった。

「おう、みんな、お疲れ。大変だっただろ」

ボスがわかっていてくれるから、危険な任務も耐えられるのである。

一度温泉に入って汗を流してきてから作戦会議ということになった。


ここから先は人に聞かせられる話ではない。客室に集まり、サランがパソコンで九十九一族の家系図を開いたところで萬が口火を切った。まずは複雑な九十九家の人間関係の整理からだ。

「九十九道山は三回結婚し、一人目の妻とは死別、二人目は離婚、三人目とは別居中で、腹違いの息子が五人いる」

「三男の三郎は、ステーキハウスチェーンを経営しているだけに肉食系で」

不二子が嫌な記憶を思い出したのか、顔をしかめてつづけた。実際、秘書に応募して履歴書を見せた時の反応はひどかった。

(柔道三段！　すごいね。得意技は？)

(関節技とか投げ技ですね)

(寝技は？)

(まあ、得意な方だと思います)

（一度お手合わせ願いたいなあ）

そう言うと、不二子の身体をじろじろと眺め回したのだ。不二子は虫酸《むしず》が走る思いながら、なんとか笑顔でかわしたが、任務でなかったら、間違いなくその場で投げ飛ばしていた。

「秘書をパパ活と勘違いしてるセクハラ野郎」

「女好きは父親譲りだね」

不二子に続いて五月も断じる。

「四郎はろくに働きもしないのに、プライドだけは高いパワハラ野郎」

次は三和がリゾート会社を経営する四男について報告する。

三和が四郎の会社を訪れた時、まさにささいなミスで四郎が部下たちを怒鳴りつけている真っ最中だった。

（まったくバカばっかりだ！　おまえたちのせいで会社がつぶれたらどうしてくれるんだ）

部下たちを怒鳴りつける様子はほとんど子供がダダをこねているようなものだった。

ドーベルマンのマリーとメリーを溺愛《できあい》していて、三和が二頭を手なずけて社長室で待っていた時には心底驚いた顔をしていた。

（何してるんだ？）

三和は動じず丁寧に頭を下げた。

（先日はありがとうございました。実は、あの新聞社を辞めて、秘書の面接を受けに参りました。改めてよろしくお願いいたします）

四郎のパワハラでまともな社員はすぐに逃げ出してしまうため、人材は常に不足しているのだ。

四郎は三和の差し出した履歴書を見て、目を丸くしていた。

（へえ、風間グループのお嬢さんなのか）

父は相談役、長兄は社長、次兄は弁護士。さらに三和自身もニュージャージープリンストン大学と大学院を卒業し、ＴＯＥＩＣは９９０点、ＭＢＡも取得している。非の打ちどころのない経歴である。というより、むしろ田舎の会社で秘書をやるにはオーバースペックなくらいだ。

ダメ押しのように三和は優雅に微笑むと、メリーとマリーの頭を撫でて言った。

（いい子たちですね）

（犬も人間も生まれ育ちよね）

こうして雷鳥リゾートに潜入成功した。

次は五月の番。

「末っ子の五郎丸坊っちゃまは、腹違いの兄たちのことを完全に見下してる」

「母親は？」

そう訊《き》いたのは不二子。自身も母になったばかりの身としては気になるところなのだろう。

「女子アナだけど、田舎が嫌いで、東京へ行ったきり滅多に帰ってこないらしい」

五郎丸が年齢の割に頭のいい子供なのは確かだが、母親の愛情には飢えているのかもしれない。千代は秘書という仕事をバカにされた時のことを思い出した。あれはひどかった。やっぱり生意気なガキだ。

パソコン画面に、隠居の百之輔、その娘婿の道山の顔写真が表示された。今は置物のようになっている百之輔だが、牧場主としては健全な経営をしていた。ただし、大きく化けるような事業ではなかった。

五月が九十九邸で聞き込みしてきた成果の報告を続ける。

「道山の最初の妻は百之輔の跡取り娘で、道山は婿に入ったのよ」

「航一さんと二郎さんのお母さんは、道山の浮気やパワハラで精神的に追い詰められて……自殺したそうです」

七菜がつらそうに二郎から聞いていた話をした。

「いや、事故に見せかけて消されたって噂《うわさ》もある」

五月からの思いがけない情報に千代と七菜は驚きを隠せない。

「運転してた車が崖から転落したけど、不自然な事故だったらしいの。幼かった航一さんも乗ってて、瀕死《ひんし》の重傷を負ったそうよ。気の毒に……」

「疑惑の匂いがプンプンする」

「なんでそんなヤツがのさばってんの？」

三和と不二子が怒りをあらわにした。

「小さな牧場を巨大なアルプス雷鳥グループにしたのは道山だ。家族も誰も逆らえない存在になってしまったんだろう」

萬の見立ては恐らく正しい。関西から流れてきて百之輔の娘と結婚したこと自体、その後の流れを見れば、純粋な愛情からだったとは思えなくなる。

三和が萬にためらいがちに尋ねた。

「萬さん、あの女の弁護士さんは？」

ずっと気になっていたことだ。今しか訊けない。わずかに間があって萬が答えた。

「天涯孤独の身の上で、道山の援助で大学に行き、卒業後養女になったそうだ」

美都子の母が道山の愛人の一人だったという噂もあり、恐らくそれは真実だろう。サランがそれらの情報をパソコンに打ち込んでいく。

「……なんだか萬さんと親しそうでしたね」

「大学の法学部の後輩だったんだ」

萬はサラリと答えたが、三和は二人の関係がどんなものだったのか、もっと訊きたかった。しかし、今それを仲間の前で口には出せなかった。

サランがさらにキーを叩くと、アルプス雷鳥ホテルの見取り図が現れた。

「ドンが牧場の人たちに斡旋した職場も突き止めました」

千代がじっと図面を見てうなずく。

「明日、私がここに潜入します」

道山は本当に二郎の牧場の従業員たちを手厚くケアしているのか。それがまず道山の企《たくら》みを裏付ける最初の鍵となるはずだ。

潜入捜査に入る千代に、サランはどこから見てもただのペンにしか見えないカメラを手渡した。これで千代が目にするものは全員に共有することができるのだ。

千代は早速航一に連絡を取り、牧場で働いていた従業員のリーダー格だった正夫につないでもらうように手はずを整えた。

その頃、九十九邸では、道山が美都子、三郎、四郎、五郎丸とテーブルを囲み、豪華な夕食に舌鼓を打っていた。なにしろ東京の一流レストランから家族のためだけにシェフを引き抜いてきたのだ。

道山の機嫌は悪かった。ただ黙々と分厚いステーキを切っては口に運ぶ。その所作は洗練とはほど遠い。もともとは関西の片田舎の貧しい家の生まれなのだ。

美都子には義父の不機嫌さの原因はわかっている。

「二郎さんの居場所、まだわからないんですか」

部下たちに命じて二郎の捜索をさせているのだが、二郎がどこに潜伏しているのか全く摑めずにいた。

「まったくあんな女と結婚するとは！」

三郎は昼間現れた喪服の七菜のことを思い出すと、腹立たしくてたまらない。

「もうどっかで首吊《つ》ったんじゃないですか」

「四郎さん、縁起でもない」

さすがに美都子は四郎をたしなめる。

「お父様、これ、うちの牧場の牛ですか」

五郎丸が無邪気にステーキを指さし、父を見た。幼い五郎丸でも、年かさの兄たちが何を案じているのかはわかっていたが、こんな時こそ父親に取り入りたいのだ。今も五郎丸は道山とおそろいのフィッシャーマンズカーディガンを着て食卓についていた。

「そうや。うまいやろ」

道山が年上の息子たちをニヤリと見やった。その瞬間、四郎の脳裏に道山が生き残った子牛の首を叩き落した時の血しぶきが蘇り、一気に吐き気をもよおし、走って席をはずした。

美都子は気丈にも耐えている。

三郎はステーキハウスのオーナーだ。さすがに席を立つようなことはしない。だが、すっかり食欲は失《う》せ、フォークとナイフを置いてしまった。

「ジューシーで美味しいずら」

五郎丸だけが肉を頰張りながら、つい地元の言葉で答えた。その瞬間、道山が幼い息子をギロリと睨んだ。

「美味しいです」

五郎丸は慌てて言い直す。

道山は自分の育ちがよくないことは自覚している分、息子たちには英才教育を施しているつもりなのだ。そのためどんな状況でも標準語を話せと教えてある。

「おまえはほんまに肝の太い、賢い子や。しっかり食え」

目を細めて言われた五郎丸は、兄たちより自分の方が上だといわんばかりにステーキを平らげた。

「あの嫁、始末しとけや」

道山が美都子に命じる口調は、とても娘に向かっての態度とは言えない。完全に部下に対するものだ。

しかし、美都子は逆らえない。裏の仕事もする顧問弁護士としてうなずくことしかできなかった。今までだって土地や企業の買収では、弁護士として手を汚してきている。美都子にとって、久しぶりに会った萬のまなざしが真っ直ぐであることが息苦しいほどうらやましかった。

10

七菜が九十九邸に呼び出されたのは、温泉宿での作戦会議の翌日のことだった。

緊張した面持ちで道山の執務室へ入ってきた七菜を美都子が迎えた。

その背後にはサランが控えている。もちろん七菜とサランは互いに面識があることなどおくびにも出さない。

「七菜さん、お呼び立てしてすみません」

「言われたとおり一人できました……なんですか」

美都子は七菜に一人で来い、すなわち萬には知らせずに来いと言ったのだ。そして、七菜はその言葉に従い、単独でやってきた。

「単刀直入に訊きます。いくら欲しいの」

七菜は言われた意味がわからず、ポカンとした。

美都子はサランに目で合図した。サランはデスクの横にある古めかしい金庫に鍵を差し込むと、重たい扉を開けた。

サランが取り出したのは、黒塗りの盆に載った紫の布に覆われた四角い塊だった。

サランは盆ごと慎重に美都子と七菜の間にあるテーブルに置いた。そして、紫色の布を一部はずす。それは札束だった。銀行員だった七菜には、それが百万円の束が十、つまり一千万円だとすぐにわかった。

「……なんですか、これ」

七菜はなぜ自分の目の前に札束が積まれたのかわからない。サランにしても、このことはつい先ほど聞かされたばかりだから、七菜に伝える時間はなかったのだ。

「足りない？」

サランがさらに布をはずす。塊のすべてが札束だった。全部で三千万円。

「やめてください。お金なんか要りません。二郎さんと牧場を返してください」

「私たちも二郎さんには早く帰ってきて、罪を償ってほしいと思ってるわ」

「あの火事は……ドンが誰かに命じてやらせたんじゃないんですか」

七菜の言葉をサランはハラハラしながら聞いていた。美都子を怒らせるということは、すなわち道山に楯突《たてつ》くということだからだ。

「根も葉もないことを。名誉毀損で訴えますよ」

美都子がキッとなる。美都子がやると言ったら本当にやるだろう。だが、七菜は一歩も引かず、美都子を正面から見返した。

美都子は意外にしぶとい子だとでも思ったのか、少し口調を和らげた。

「この際、ちゃんとお話ししておきましょう。このあたりには自然の豊かな土地がたくさん残っています。でも、このままでは、海外の資産家にどんどん買い叩かれてしまう。あの牧場の土地も、ずいぶん前から中国の資産家たちが目をつけています。どうしても守らなければと、ドンは使命に燃えてるの」

「……使命？」

七菜はよくわからないながらも、美都子の言葉に取り込まれそうで、サランはますます心配になってきた。

その七菜に美都子が畳みかける。

「七菜さん、あなたはまだ若いわ。あなたの将来まで台無しにしたら気の毒だとドンは言ってました」

七菜は無言だ。それは半分以上美都子の言葉に洗脳されていることの証だった。

「もう二郎さんのことは忘れて、このお金で幸せになってください。ドンのせめてもの気持ちです」

美都子は七菜の手を取ると、その腕に三千万の札束を抱えさせた。

七菜は拒まなかった。何かに魅入られたようにされるがままになっている。

サランは七菜が拒絶するものだと思っていただけに、唖然《あぜん》とした。

その夜、温泉旅館での作戦会議に七菜は来なかった。

「受け取ったんです、七菜さん」

サランは悔し涙にくれながら皆に報告した。

「なんだって⁉」

五月がすっとんきょうな声を上げた。

九十九一族のリゾート開発に関する家族会議に七菜を登場させたのは、二郎の存在をすでにないものとして扱おうとしていた道山を揺さぶるためだった。

それなのに肝心の七菜は金を受け取り、敵に寝返ったということか。サランが悔し涙を流すのも無理はなかった。

「男に転ぶヤツは、金にも転ぶ」

不二子はシニカルに切り捨てた。

「絶望……」

三和は心底七菜に失望したようだ。

「そもそもあの子を助けるために、私たちここに来たんじゃないの」

五月の憤りはもっともである。

「そうだよ。花婿に逃げられたっていうから」と、不二子が続ける。

「有休とって来てやったのに。もうあんなヤツ、ほっとこう」

「バカバカしい、帰ろう」

女たちが怒り狂っても、萬だけは何も言わなかった。

「あ、ちょっと待って。千代さんからです」

三和と不二子が立ち上がりかけた時、サランが開いていたパソコンから着信音が聞こえた。

五月、不二子、三和がモニター画面を覗き込んだ。

【千代 ｆｒｏｍ アルプス雷鳥ホテル】というタイトルの画面の中には薄暗い空間の中にいる千代がいた。千代はヨレヨレの作業着を着て、首にタオルを巻き、顔もひどく汚れている。変装というより、この場にいると自然にそうなってしまう、といったくたびれ方だ。

「みんな、見えてる？」

千代のささやき声が聞こえてきた。

「ここが牧場を追われた人たちが斡旋された宿舎か」

萬が眉間にしわを寄せた。

「ひどい……」

「タコ部屋だね」

先ほど帰ろうとしていた三和も不二子も画面に見入っている。

窓もなく風通しも悪そうな部屋に何人もの人たちが疲れ切った様子でゴロ寝していた。

ひどい咳《せき》があちこちから聞こえていた。体調を崩している者の数はかなり多いようだ。

「仕事の内容も、ホテルの清掃員、警備員、土木作業員……違法に長時間労働させてるし、体力的にきつい仕事ばかり」

千代の報告に「ひどすぎます」とサランはさっき七菜のことで流していた悔し涙が今また復活しそうだ。

「お年寄りには無理よ。こんなところにいたら殺されちゃう」

五月は自分だったら耐えられないと身を震わせた。

「ドンのヤツ、みんなをうまく言いくるめて。リゾート開発のためならなんでもありってこと？」

三和は画面を穴のあきそうなくらい見つめて言った。

「これがドンのやり方か……。これまで何人ものカスを懲らしめてきたけど、ダントツで最低最悪のカス」

不二子がいつにも増して憎々しげに吐き捨てる。

「善人面して弱い者を踏みつけやがって……」

珍しく萬が感情を露《あらわ》にしていた。

「許せません！」

サランが叫んだ。

千代は作戦本部の皆との通話を切った後、作業に戻った。夜通しホテルの地下にある作業場で大量のゴミを仕分けしたり、焼却したりする。華やかなホテルのはるか下にこんな場所があるなど、スキーを楽しむためにやってきた客たちは知る由もない。

正夫はすでに疲労困憊《こんぱい》し、持病の喘息《ぜんそく》を悪化させていた。荷車を持った手がふらつき、千代は思わず駆け寄った。

「マサさん――」

「余計なことをするな！　自分の仕事をしろッ」

たちまち見張り役の男たちに怒鳴りつけられた。

だが、しばらくすると、ついに正夫は力尽きたように倒れてしまった。

「マサさん、大丈夫⁉」

見張り役の男は、そんな正夫を靴で蹴った。正夫がうめき声を上げる。他の者たちはすっかり怯《おび》えてしまい、声も出せない。

千代は燃えるような目で男たちを睨みつけた。

「なんだ、その目は。こんな年寄りを雇ってやってんのは、道山社長の情けだぞ」

「やめたきゃやめていいんだぞ。さっさと仕事しろッ」

そうまで言われても誰も出ていかないのは、行くあてがないからだ。そしてまた恐怖で支配されることで、すっかり萎縮《いしゆく》してしまい、自分たちに別の道などないと思い込まされている。

千代はかまわず正夫に肩を貸し、出て行く。

地下作業場を抜ければ、地下駐車場に出られる。千代はズンズン進んだ。

「おい、ちょっと待てッ」

千代は正夫をかばいそのまま行こうとした。だが、男に止められ、小突かれた拍子に胸のポケットに挿していたペン型のカメラが落ちてしまった。よりによってカメラ部分が光を受けキラリと反射した。

「なんだ、これは?」

もう一人の男が隠しカメラだと気づいてしまった。

「この女、隠し撮りしていたのかッ」

このまま行かせてなるものかと男たちがジリジリと千代に迫ってきた。

男たちが千代に襲いかかってきた。千代は得意の蹴りを駆使して応戦する。

まずい。正夫がいなければ、男たちを倒すこともできるが――。

その時だ。タイヤをきしませて、猛スピードで一台の車が近づいてきた。

男たちは邪魔者が入ったのかとそちらに目をやる。

車から降りてきたのは、航一だった。

航一は強かった。戦い慣れていた。あっという間に男たちを叩きのめすと、正夫をまず車に乗せる。

千代は隠しカメラを素早く回収した。

「早く！」

「お願いします！」

航一に急《せ》かされ、千代が車に飛び乗ると同時に発進した。

航一は市内の病院へ正夫を運んだ。

「正夫さん、しっかりして。もうすぐ病院だからね」

「すまねえな……」

それだけ言うと、正夫は安心したのか意識を失ってしまった。

担ぎ込んだ市民病院では、すぐにＥＲに運ばれた。診断は極度の過労と持病の喘息による呼吸困難。すぐさま入院の手続きがとられた。

一連の手続きを千代は航一と手分けして行った。まさかここまでは道山の手下たちも追ってはこないと思うが、一応警備にも警戒してほしいと依頼した。

すべての手配を終えて、ようやく千代は航一と向き合った。

真っ暗な病院の廊下には航一と千代しかいない。

「来てくれて助かりました」

千代のカメラの情報から、サランは千代に迫った危険を航一に伝えたのだが、航一のそこからの動きは早かった。すぐにホテルの地下に駆けつけてきた。あと数分遅かったら、千代も正夫も命はなかったかもしれない。

「礼を言うのはこっちだ。君がここまでやってくれるとは思わなかったよ」

危険な潜入捜査、命を張った救出劇。出会いの時、山で迷子になっていた千代がこんなことまでするとは、確かに想像以上だったのだろう。

「私はただ――」

あとは言葉にしなかった。いや、できなかった。もし言葉にするなら、あなたのために何かがしたかった、それが本心だ。

七菜を助けたかった、道山の非道の陰で泣いている人たちをなんとかしたかった……そして、九十九家の長男でありながら弱い者たちの味方となっている航一の力になりたかった……それを言葉にするのは、それ以上のことを伝えてしまいそうで怖かった。

その頃、七菜は夜の公園のベンチにぼんやりと座っていた。手元には三千万円の入った紙袋があるが、この金を使う気にはとてもならなかった。

突然差し出された大金を思わず受け取ってしまったけれど、九十九邸からどうやってここまで来たのかすらよく覚えていない。

空腹で寒くて頭がぼんやりしていた。

「……ああ、お腹空《なかす》いたなあ」

すると、かたわらに湯気を立てる味噌ラーメンの丼が置かれた。

夢か？　幻か？　ひょっとしてすでに自分は凍死していたりするのか。それってマッチ売りの少女だっけ？　フランダースの犬だっけ？

「……どなたか存じませんが、ご親切にありがとうございます」

そう頭を下げると男の足が目に入った。そのまま視線を上に上げると——そこにいたのは二郎だった。

やっぱりすでにあの世に来ちゃったのかも。七菜は思った。

「二郎さん——」

「あったけえずら」

その笑顔は本物だった。

七菜はあふれる涙をぬぐおうともせず、二郎の首に両腕を回した。

そして、次の瞬間、ラーメンの丼に飛びついた。

11

翌日、サランは九十九邸の大広間にいた。その視線の先には九十九道山の肖像画。

「懲らしめてやりましょう」

決意を固めたその言葉は、それぞれのインカムで仲間たちの耳に届いていた。

「了解」

まずはメイド服姿の五月が九十九邸の廊下の片隅で応えた。

「了解」

不二子は潜入先のステーキハウス雷鳥の化粧室でささやいた。そして、胸元のブローチをチェックする。大きく胸元の開いたスーツを彩る黒曜石でできたそのブローチの真ん中に隠しカメラが仕込んであるのだ。

「よし」

不二子は自分に気合を入れ、仕事の顔をつくって店内に戻った。

ホールでは、三郎が高圧的にスタッフに指示を飛ばしているところだった。

「VIPがいらっしゃると言っただろ！　グラスの曇りひとつ見落とすなッ」

三郎は不二子を頭のてっぺんから爪先まで舐めるように見た。好色な視線がねばつくようで、不二子は鳥肌が立つ。

「今日は一段と気合が入ってるじゃないか」

肩を抱こうとするのを、すらりと避けて、不二子は微笑む。

「ＶＩＰに失礼のないようにアテンドさせていただきます」

支配人が「お見えになりました」と緊張した顔で知らせに来た。ちなみに支配人も三郎と同じようなカウボーイハットをかぶっているのが、なんだか間抜けだ。不二子は噴き出したいのを堪《こら》え、お客を迎えるための笑みに変える。

談笑しながらぞろぞろ入ってきた男たちの先頭は海藤知事だった。背後に従えているのは、リゾート開発のディベロッパーたちらしい。

「奥の個室にご案内しろ」

三郎の言葉に不二子がすぐに動こうとしたのだが、三郎はその手を摑んだ。思い切り自分に引き寄せ、胸元を覗き込む。

「君はここでいい」

近くで見られたら、カメラだと気づかれてしまうかもしれない。不二子はあわてて恥じらう素振りで胸元を手で覆った。三郎は満足した顔でさらに距離を縮めてくる。

「お客様がお待ちなのでは」

わざと言ってやると、チッと舌打ちして三郎は個室に入っていった。秘密会議の様子を窺《うかが》おうとしたのだが、失敗だ。完全に人払いして密談するらしい。これでは隠しカメラも用をなさない。不二子は唇をかんだ。

四男の四郎を監視中の三和は雷鳥リゾート本社にいた。手には紅茶一式を載せた盆を持っている。社長室に向かう階段を上っていく途中だった。

不二子から密談の盗聴に失敗したという報告を受けたところである。

「不二子ちゃんが色仕掛けなんて、似合わないことするから」

三和はイヤホンマイクに向かって小声でからかう。

不二子は抜群のプロポーションと美しい顔だちをしているのだが、いかんせん中身はおよそ女っぽいとか、女らしいという言葉とはかけ離れている。実際今まで何度か行ってきた作戦でも、色仕掛けで男を惑わすような必要性がある時には、銀座のホステス経験のある千代かコケティッシュな魅力のある三和が担当してきたのである。

色仕掛けが似合わないなどと言われ、不二子は再び化粧室に籠《こ》もって、役に立てられなかった隠しカメラをお手玉のように放り投げていた。

「クソッ。あんたは得意でしょ」

「それがさ、うちの社長、全然なびいてこないの」

そう、いつになく三和は苦戦していたのである。これまで男と二人だけになって、口説かれなかったことなど一度もないというのに。若干プライドが傷ついた。

ここで三和は社長室に到着。ノックをして秘書の顔になった。

ドアを開けると、四郎はちょうどリモート会議の真っ最中。パソコンの中から聞こえてきたのは、まさに不二子が締め出された三郎のステーキハウスでの密談である。

『……うちのリゾートが完成すれば』

『長野が日本のラスベガスになったら、これが毎日食えるなあ。なあ、四郎社長』

どうやら極上のステーキを食べているところらしい。三郎の言葉に海藤知事が反応し、四郎社長に向かって呼びかけたところだった。

「いいですね」

三和は紅茶を出しながら、なんとかリモート会議の様子を聞き取ろうとした。

しかし、四郎は距離が近すぎる三和をシッシッと犬でも追い払うように邪険に扱った。

「邪魔！　紅茶置いたら、さっさと出てってよ、もうッ」

四郎はどうやら女には興味がないらしく、三和の胸元があいていようが、接近しようが、まったく何も感じないようだった。

九十九兄弟と海藤知事との会談の詳細を聞くことはできなかったが、密談は一つだけではなかったのである。

北アルプス市の繁華街にある高級クラブ「クララ」は、この夜は貸切になっていた。客は海藤知事とこの地を地盤とする永田《ながた》代議士の二人。支援者に対しては人のいい愛想を振りまく永田だが、今日はその笑顔にも黒い欲望の影がチラついている。もちろん欲望とは、色の方ではなく、金絡みであるのだが。

高価な着物に身を包んだママは地元大手の建設会社社長の愛人だけあって、黒い企みには慣れている。ママは知事に耳打ちした。

「大事なお話と伺ったで、貸し切りにしといたでな」

「ママ、ありがとう」

もちろん貸し切りにした分、それ相応の対価が発生することは言うまでもない。財政族議員として鳴らしている永田は、ふだん銀座で遊びなれているだけあって、地味な地方のクラブには不満なのが顔に出ていた。

海藤はそばについたホステスにもっとサービスしろと目で合図して、にこやかに場を盛り上げようとした。

「先生、たまにはこういう田舎のクラブもいいでしょう。銀座のような垢抜《あかぬ》けた子はいませんが」

それを聞きつけたママがすかさず言った。

「それが新しい子が入ったんですよ」

そこでママが奥へ手を鳴らすと、「はあい」という鈴を転がしたような声の返事とともに品のいい山吹色の和服姿の女が進み出た。

途端に海藤が見とれたようにあんぐりと口を開けた。

「よろしくお願いいたします」

美しい所作で頭を下げたのは——千代である。昨日の潜入捜査の時の作業着に泥だらけという格好を見た者がこの場にいたとしても、絶対に同一人物だとはわからないほどの変身ぶりだ。

「あれ？……もしかして、月子《つきこ》君か」

「まあ、永田先生。まさかこんなところで先生にお目にかかれるなんて。大変ご無沙汰しております」

千代はしらじらしく満面の笑みを浮かべて永田の隣に座る。永田はそれだけで鼻の下を伸ばしている。

「お知り合いですか」

海藤がうらやましそうに尋ねる。

「かつて銀座のナンバーワンだよ」

今度はママが驚いた。潜入捜査で一時的にもぐり込むためにやってきたので、千代は本当の経歴など話していない。一応水商売の経験はあるとしか伝えていないのだ。

「この子を指名した議員は落選しないいって、伝説になってたんだよ」

海藤の目が真剣になるのをよそに、千代は「光栄です」と微笑んで見せた。

この時点で、盗撮装置は正面の花瓶の中に仕込んであった。

このクラブでの海藤知事と永田のやりとりはすべて九十九邸の執務室でサランが録画しながら聴いていた。

そのサランは道山のパーティー用のエナメルシューズを磨いている。こんな仕事もするのが秘書なのだ。

「いくら信州のドンが暴れても、どうにもならんな」

「そこをなんとか、先生のお力添えでお願いします」

「火事に遭った牧場は国立公園区域だ。大規模リゾート開発には国の許可がいる」

いわずもがなの話題が続く。海藤知事は明らかに九十九道山に頼まれて、牧場跡地をリゾート地として開発したいのだ。一体ここまでにいくらの金が知事に渡っているのやら。

そう思いながらも、千代は涼しい顔で水割りをつくっていた。カランと氷が涼しげな音を立てる。

「ドンのシナリオ通りに進めば、我が県はもちろん、日本が誇る観光資源が生まれます」

海藤知事も必死だ。

「国交省と環境省の認可二つで十億。さらにリゾート施設の売上の一割」

永田の要求する金額に、さすがにしたたかな海藤知事も顔色をなくす。

「それがドンへの伝言だ」

「承知いたしました。ドンに伝えます」

「よろしくお願いしますよ、海藤知事」

「御意《ぎょい》」

商談はまとまった。決定的な証拠映像が撮影できた。

「千代さん、お手柄です！」

九十九邸ではサランがガッツポーズをしていた。

だが、永田の話はまだ終わりではなかった。

「いやあ、しかし、これだけの事をやるには、あの政界の妖怪にお口添えいただかないと厳しいなあ」

その言葉に海藤は心得顔で持ってきた菓子折りを差し出した。

「ほう。これは信州名物の安曇野ワサビ饅頭《まんじゅう》ですか」

「はい。ほんの手付けです」

海藤が饅頭を少し動かすと、箱の底にぎっしり詰め込まれた札束が見えた。

「ほお、実に美味《うま》そうだな。では、妖怪につなげましょう」

「ハッ……粟田口十三先生にくれぐれもよろしくお伝えください」

海藤が途端に居住まいを正し、深々と頭を下げた。

予期せぬ名前が飛び出し、さすがの千代も動揺し、マドラーを落してしまった。

「千代さん！　千代さん、大丈夫ですか」

サランが千代のイヤホンに心配そうな声を送った。

「失礼しました」

千代は何事もなかったかのようにマドラーを取り替える振りをして席を立ち、物陰からサランに話しかけた。

「いまだに粟田口まで絡んでいるとは……あいつ、まだ刑務所だよね」

粟田口は利権の絡むところには必ずその影があるとまで言われた、文字通りの政界の妖怪である。弱者を踏みつけることなどなんとも思わない。

なにより萬がかつて粟田口の有能な秘書として仕え、収賄容疑をかけられて政界での仕事から追放された。その事件には、五月の夫の死も関わっており、萬と秘書たちは苦労の末、粟田口の容疑を白日のもとにさらし、起訴されるように仕向けたのだ。

戦いに勝ったとは思ったものの、犠牲も大きく秘書たちはそれぞれの職場を追われ、三和は東京都知事秘書の、不二子は警視庁警備部長秘書の、そして千代もまた東都銀行役員秘書の職を失ったのだ。

「もっとすごい闇がありそうですね」

サランの言葉に千代は戦《おのの》きながらうなずいた。

またしてもあの妖怪と戦わねばならないのか。千代は内心震えを感じるのを止めることができなかった。それは武者震いなのか恐ろしさからくるものなのか、自分でもわからなかった。

12

翌日、萬は嵐の前の静けさともいうべきひとときを過ごしていた。美都子に呼び出されたのである。

てっきりオフィスかと思いきや、連れていかれたのは雪の白樺林だった。市街地はそれほど雪はないが、ここまで来ると、足首まで埋まるほどの積雪がある。

「いいところだね」

「萬君とここを歩きたかったの」

今は敵対する関係だが、その言葉に嘘はないように思えた。

「……散歩するためだけに呼んだわけじゃないだろ」

萬は心を鬼にしてビジネスの話に誘導する。美都子とは、会えば今でも心が揺れるが、それが許される状況ではない。

「お見通しね……」

美都子が浮かべる切なげな顔は見ないようにした。だが、美都子もすぐに弁護士の顔になった。

「じゃ、はっきり聞くけど、二郎さんと彼女の婚姻届は偽物よね」

「さすが、君の目は誤魔化せないな」

確かに七菜は二郎とはまだ婚姻届を出していない。あのとき道山たちに見せたのは、あくまでも婚姻届のコピーであって、まだ提出前のものだ。つまり二人はいまだ夫婦になってはいない。

「君はどうしてあの男の下で働いてるんだ」

「今の私がいるのは、ドンがいたから。天涯孤独の私が大学まで出してもらってファミリーに入れてもらったのよ」

美都子のことを知らなければ本気で感謝しているのだろうと思ってしまうようなセリフだ。実際大金持ちの養女になり、地方有数のコンツェルンの顧問弁護士という立場は人から羨ましがられることもあるのだろう。

だが、母が亡くなった後、きょうだいのいない美都子がどれほど孤独だったかを萬は知っている。

その美都子が金と権力にしか興味がない一族の中にいる。

「あまり幸せそうには見えないけど……」

「どう思われてもいい。でも、これだけは言っておく——あの人を敵に回さない方がいい。あんなに恐ろしい人はいない」

「どうしてそんなヤツの養女に？」

その問いに美都子は答えない。

二人の間に沈黙が流れ、聞こえてくるのはさらさらという川のせせらぎと、時折遠くで木から落ちる雪の音くらいだった。

目を上げると、木々の形に積もった雪の向こうにきらめくものが見えた。

「見て——私が一番お気に入りの場所、萬君に見せたかったの」

そう言うと、美都子は萬の手を引いてきらめきの方に早足で進み始めた。その仕種《しぐさ》はかつて想い人同士だった時と少しも変わっていなくて、萬の心にかすかな甘い痛みが走った。

向かう先に見えていたきらめきは、地下からわき上がる泉だった。それは小川となり下方に向けて透明の道筋を形作っていた。

「あら、先客が——」

人影が見えた。緒方航一だった。

航一はビデオカメラを回している。その表情は真剣そのものだった。彼がレンズを向けた先は、豊かな水をたたえたきらめく泉とその周囲だ。そこには単純に美しい冬の景色を記録に留《とど》めておこうとする気持ちよりもはるかに厳しいものがあるように萬には思えた。

航一は雪を踏みしめる音と気配にこちらを見た。途端に相好《そうごう》を崩す。

「どうも」

無理につくった笑顔に見えた。

「キレイな泉ですね。撮影ですか」

「……ええ、見せたい人がいて」

「きっと航一さんの大切な人ね」

航一は静かに目を伏せた。彼の立場は今でこそ微妙なものだが、好青年だ。女友達の一人や二人いてもおかしくはない。

「まあ……北アルプスにこんなキレイな湧き水があるなんて、誰も知らないから」

そう言うと、航一は水を素手ですくった。さぞ冷たいだろうに、気にする素振りもない。いとおしそうにすくった水を味わうように口に運んでいた。

「航一さんは変わり者なんです。父の事業にも興味がなくて」

美都子はささやき、もっと近くまで行くつもりだったのだろうが、踵《きびす》を返した。

萬は何かひっかかるものを感じ、もう一度振り返った。航一は何かを考え、泉を見つめていた。

この男は本当に見えている通りの人間なのだろうか？　信頼していいのか？　初めて会った時からなぜか引っかかるものを感じていた。また、千代が航一に惹かれているらしいことも気懸かりに感じることのひとつだった。

翌日の夜のことである。

北アルプス市街地、大通りから一本裏道に入ったところにある信州郷土料理の店「九重《ここのえ》」はすでにのれんを下ろし、ひっそりとしていた。

だが、店内のカウンターには客がいた。

粟田口十三と九十九道山である。すでに互いの露払いともいうべき人物たちとの接触を経て、ついに大ボス同士の差しの折衝というわけだ。

この店を指定したのは道山である。密談といえば料亭と思い込んでいた粟田口には意外だった。高級感などほとんどない店構えに何か趣向があるのか、それとも単にバカにされているのか、図りかねていた。

カウンターの中には、寡黙そうな板前が一人いるだけだ。やけに目つきが鋭い。

「粟田口先生、まあどうぞ」

粟田口の杯になみなみと日本酒を満たした。ほどよく燗《かん》をされた酒は透き通り、豊潤な香りが鼻をくすぐる。

「ドンの接待やいうから、どんな店かと思ったら」

「ここ、馬刺しと煮込みが美味いんですわ」

粟田口は並べられた小鉢から煮込みを一口、口に運んだ。

「あ、ほんまや」

「そうでっしゃろ」

表面的には穏やかな会話だが、二人とも目は笑っていない。

「それにしても、こんなに早う外の空気吸えるようになるとは思わへんかった。どんな魔法使うたんか知らんけど、ドンには感謝せないかんわな」

汚職事件で収容中だった粟田口が仮釈放となり、こうしてひそかにとはいえ、表にいられるというのは、道山がなんらかの工作をしたということだ。その工作には当然のことながら、少なくない額の金が絡んでいるのはいうまでもない。

「とんでもないことですわ。それを言うのは私ですわ。永田町の先生方と太いパイプをつくってくださって、ほんまに感謝してますわ」

「あんたとは古い付き合いやからな」

実は道山がまだ九十九家の跡取り娘と結婚する前、関西にいた頃からすでに政界入りしていた粟田口との面識はあった。道山が粟田口の汚れ仕事の手伝いなどしていたのである。もっともその頃は二人とも若く、汚れ仕事のスケールも今とは比べ物にならないほどかわいいものであったのだが。

その後道山が九十九家に婿入りし、しばらく交流が途絶えていたが、二十年ほど前に道山がリゾート構想を持ってホテル開業を発表した時、視察という形で粟田口がこの地を訪れ交流が復活していた。

「カジノの認可でさらに十億、次のサミット開催地の約束でさらにもう十億」

道山は根回しをした海藤知事が永田議員に伝えられた金額にさらに大きな目標と金額を上乗せしてみせた。

「ほお。信州を日本のラスベガスにしたい言うてたけど、あれ、本気やったんやな」

「もちろん粟田口先生のお口添えがあってこそです」

粟田口は満足そうに頷くと杯を口に運んだ。

「ああ、信州の酒は甘い」

「そうでっしゃろ」

もちろんそこには別の含みがあるのはお互いにわかっている。

粟田口は道山の横に向かって言った。

「かわいい坊やだね。ドンのお孫さん？」

実は道山はこの場に五郎丸を同席させていたのである。

自分が兄たちよりも頭脳明晰《めいせき》で、父が自分を後継者にと考えていることを小学生にしてすでに悟っている五郎丸は、父と政界の妖怪のやりとりに口を挟むこともなくじっと耳を傾けていた。内容はわからずとも、事業をやっていく上で、こういうきな臭いやりとりが必要なことは早くもわかっているのだ。

「息子ですわ」

「息子さん？　あらら」

さすがの粟田口も道山が三人の妻を娶《めと》ってきたことには舌を巻くようだ。

「わしの跡継ぐのはおまえだけや」

「ありがとうございます」

子供とは思えぬ冷静さで五郎丸が頭を下げる。

「五郎丸、人間はな、仲間と協力する生き物や。わかるな」

「人類の祖先のホモ・エレクトスが生き残れたのは、仲間と協力して獲物を倒すことができたからです」

「そうや。そのホモ・エレクトスや。その群れの中に働かない者がいたらどうする。怠ける者や力が劣る者や」

「獲物の分け前を与えず、群れから追い出します」

五郎丸は迷わず言い切った。

粟田口はほうと感心したような顔で五郎丸を見ると、尋ねた。

「五郎丸くんだったかな……君は弱い者を気の毒に思わないのか」

五郎丸は思案顔になった。

「もっとよく考えてみろ」

父道山は決して助け船を出そうとはしない。ここでなんと答えるか、じっと息子を窺っていた。

「やっぱり分け前を与えず、追い出します」

「なんでや」

「働かない者が群れに残ると、その子孫が増えて群れ全体の力が弱くなり、やがて強い別の群れに滅ぼされるからです」

「正解や。わしの跡を継ぐのは、おまえしかおらん。ご褒美に馬刺し食ってええぞ」

道山は上機嫌で五郎丸の頭を撫でた。

「ほんまに頭のええボンや。これで九十九ファミリーは安泰ですな。私はこれで。ほな」

用が済んだとばかりに粟田口は店を出ていった。ボディガードが影のように従い、このまま決して人に見られぬように東京の隠れ家へでも車を走らせるのだろう。

道山は幼い息子を見て、目を細めた。それは父の顔ではなく、九十九帝国をさらに大きくし、長らえさせる野望に満ちた男の目だ。

同じ質問を道山は過去にも上の息子たちにしている。

長男の航一は弱い者は皆で支え、弱い者や働かない者でもできる方法を考え、皆で生き残れる方策を考える。それが強い者の使命だと答えた。

二郎は弱い者はかばい、働かない者とは話し合うと答えた。

三郎はその時にならないとわからない、なんとかなるんじゃないかと答えた。四郎は、働かないヤツは殺しちゃうかなと笑った。

どいつもこいつも全く器じゃない。道山は失望していた。そんなところで歳の離れた五郎丸が子供ながら冷徹なリーダーシップを発揮できそうな気配を漂わせてきたのである。年老いてできた末っ子だからかわいいというわけではないのだ。自分に一番似ているからそばに置いている。

粟田口が帰った後も、道山は自分の考えをまとめるために飲み続けていた。傍らで五郎丸はおとなしくヘッドフォンをしてゲームに熱中している。父の邪魔をしてはいけないと、すでに察している。

「……まだ見つからんのか、二郎は」

「すみません。うちの若いのが血眼で探しているんですが……」

店主の九重は寡黙な板前というほかに、もう一つ裏の顔を持っている。それは道山の手足となって、表には決して出せない仕事をすることだった。

「それにしても、牧場よう燃えたな。市長のことも、ようやってくれた」

道山は分厚い茶色の封筒をカウンターに置いた。九重は押しいただくようにしてそれを素早く懐にしまう。

(ちょっと！　今のどういうこと？　道山が牧場の放火と北アルプス市長の殺害を九重に依頼してたってこと⁉)

その時、店の外では、雪まじりの寒風が吹きすさぶ中、二郎の防寒着で一応変装しているつもりの七菜が扉の外から、なんとか中を窺えないかと頑張っていた。

そして、今の道山の決定的なセリフを聞いた。

だが、潜入捜査に慣れない七菜に盗み聞きがうまくできるはずもなかった。

ガタン――。

思わず物音を立ててしまった。

「おい」と、道山が低く言う。その途端に、どこにいたのか、黒い服の手下どもが外に飛び出して行った。

七菜は慌てて逃げ出した。

店内では、道山が何事もなかったかのように馬刺しをうまそうに味わっていた。何者であろうと、この道山に楯突くものは長生きできないのだと思いながら。

七菜は走った。繁華街を抜け、林の方へ抜けた。なぜ人のいる方に逃げようと思わなかったのかと考えた時には遅かった。

真っ暗な中、なんとか岩の陰にしゃがみ込んだ。もう走れない。荒い呼吸を聞かれないように必死で息を整える。早くここを抜け出して、千代たちに知らせなければ。
だが、パキリという枝の折れる音に振り向く間もなく、頭上から何かが振り下ろされ
――激しい痛みとともに七菜の意識はそこで途絶えた。

13

一晩雪が降り続いた翌日の朝早く、千代は航一に誘われ山に来ていた。

「いろいろ大変なことに巻き込んじまってすいません。今日は外の空気を吸って息抜きしませんか」

「どこに行くんですか」

「ついてきてください」

朝陽を受けて輝く山々はまるで燃えるようで、いつまでも見ていたくなる美しさだった。

しかし、その時間は決して長くはなく、時とともに太陽が移ろいその表情をどんどん変えていく。

航一が千代を連れ出したのは、山深い細い道。それこそ熊が出そうで、千代は腰に以前航一からもらった熊鈴をつけていた。

静かな山の中にチリンチリンという鈴の音がさわやかに響いた。

ここにいるのは航一と自分だけ。その感覚にどうしてもときめきを抑えられない。こんな気持ちは本当に久しぶりだった。

「ここです」

細い道は小川に沿って続いていたのだが、航一の目的地はその小川の源流となるところだった。

実は一昨日、美都子が萬を連れ出したのが、まさにこの場所だったのだが、当然千代はそんなことは知らないし、航一も言わなかった。

そもそもこの山は九十九家の私有地であり、地元の人間でもあまり立ち入ることはなく、人影はない。

そこには泉があった。こんこんとわき出る水は澄みきっていて、朝陽を受けてきらめいていた。

「……すごい……キレイ」

千代はそれ以外に表現する言葉が思いつかなかった。

「飲んでみて」

千代は手袋をはずすと、泉に手を浸した。だが、しびれるほどの冷たさに思わず手を引っ込めてしまった。すると航一はためらいもなく自らの両手いっぱいに水を満たすと、千代の口元に持ってきた。千代はそれを口に含む。氷のような冷たさが航一の掌《てのひら》で温められやわらかな温度に変わって喉を落ちていった。

「……美味しい」

二人の吐く白い息が交わるほど近い。途端に千代はどぎまぎして目をそらした。

「やっぱりこの辺の水、全然違いますよね。ここの温泉に入ってから、みんなも肌の調子がいいって言ってるし……あ、航一さんのラーメンのスープも美味しくなるわけですね」

「この辺の宝物だ。ここに住んでる人たちもわかってないけど、どんな宝石よりも価値がある」

「それでこんなところまで連れてきてくれたんですか」

地元の宝石以上のものを自分に見せたいと思ってくれた気持ちが嬉しかった。

「一緒に来たかったんだ……」

言葉はそこで途切れ、二人は見つめ合った。

そこで、木々が揺れたかと思うと、ドサッと雪の塊が落ちてきた。

「うわっ」

千代は驚いた拍子に雪に足を取られ、仰向《あおむ》けに倒れてしまった。

「あーッ」

二人とも雪まみれ。そして、笑いが止まらなくなった。航一は千代の腕をとって立ち上がらせると、全身についた雪を丁寧に払う。

その手が止まり——航一は千代にキスをした。

心臓の鼓動が速い。その音が分厚いダウンジャケットを通して聞こえてしまうのではないか。一瞬そう思ったけれど、千代は目を閉じ、甘い安らぎに浸った。

チリン。

腰の熊鈴が小さく音を立てた。今だけは熊にも誰にも邪魔されたくない。


帰りの車の中では、照れなのか妙に言葉少なくなった千代と航一だったが、それは気まずいものではなく、手さぐりで始まった恋の初期段階につきものの甘美な沈黙だった。

だが、幸せな気持ちは航一の店に到着するまでのことだった。

店の前にドアの取っ手が転がっていた。入り口が壊されている。泥棒だろうか。急いで中に飛び込んだ航一と千代の目に飛び込んできたのは、倒れている七菜の姿だった。

「七菜！」

七菜はボロボロだった。ひどい拷問に遭ったのか、傷と痣《あざ》だらけの顔から血を流し、泥だらけだった。

「七菜さん……どうして。誰がこんなこと――」

「……先輩……」

七菜は気を失った。

「しっかりして、七菜！」

千代は頭に血が上る思いだった。誰がやったのか、やらせたのかはわかっている。間違いなく道山の手下に違いない。七菜を痛めつけ、わざと航一の店に放り込んだのは、見せしめ以外の何ものでもない。

このことはすぐさま他の秘書たちに伝えられた。それぞれが驚きと怒りを露にし、五月はよく殺されなかったと嘆息し、不二子はふざけんなと今にも殴り込みに行きそうな勢いだった。

そんな秘書たちに萬は病院へ向かいながら電話で指示を飛ばす。

「みんな、落ち着け。裏で粟田口まで絡んでる。何もなかったように秘書の仕事を続けるんだ、いいな」

そうとでも言わなければ、本当に秘書たちは行動を起こしそうだった。しかし、誰よりも憤っていたのは、ほかならぬ萬自身だった。

病院に到着した萬はすぐに七菜の病室に入った。そこで目にしたのは、想像以上に痛ましい姿となった七菜だった。全身打撲と左足の骨折、精神的なショックで起き上がることすらままならない。

萬は言葉が出なかった。傍らには怒りと涙をこらえている千代がいた。

「ずっとそばについててあげればよかった……ごめん」

目に涙を浮かべ、千代はうつむく。七菜がどんな思いで一人で二郎を探そうとしていたのかと思うとたまらなかった。

だが、意識を取り戻したばかりの七菜は、弱々しい口調ながらも千代の目をしっかり見て言った。

「……先輩すみません。道山の尻尾《しっぽ》を摑んでやろうと思って、一人で乗り込んだんですけど、ヘマしちゃって……」

「もう何も言わなくていいから」

七菜の手を握る千代の目は怒りで燃えていた。

航一は病院の非常階段でどこかへ電話をかけていた。アラビア語である。

「……はいはい、わかりました。あとひと息だ。待っててくれ……わかってる。また連絡する」

通話を終えて振り返ると、萬が近づいてくるところだった。航一はとっさに他意のない笑顔を浮かべた。

萬は真剣な顔で航一に対峙《たいじ》した。

「頼みがある」

「はい」

「千代のことだ。あいつはあんたのことを信じてる。だから傷つけないでくれ」

航一の顔から温和な表情が消えた。だが、萬は航一に向けた視線を外さなかった。航一は何も言わない。

そんな二人のやり取りを、ちょうど七菜の病室から出てきた千代は聞いてしまった。一体どういうことなのだろう。兄のような萬が自分の恋愛を心配する気持ちはわからなくはないが、航一のことを信頼してはいないのだろうか。

航一に惹かれる気持ちと、目の前に立ちふさがる道山の野望と傷つけられた人々。これから戦いが待っている。だが、それと航一との恋は両立しないというのだろうか。

航一への気持ちはもう走り出している。だが、千代はたまらない不安を覚えた。

14

数日後、九十九邸は華やかな雰囲気に包まれていた。数多くの高級車が車寄せにやってきて、ドレスアップした人々を次々と吐き出していく。

東京から来たテレビ局のワイドショーレポーターがその光景を背景にマイクに向かって興奮気味に話していた。

「本日はアルプス雷鳥グループ、大型リゾートの発表会ということで、数多くの政財界のVIPがここ九十九邸を訪れています。皆さんの華やかな装いをご覧いただけますでしょうか」

ワイドショーは表面的な華やかさだけを報じている。

大広間では招待客たちがパーティーの開宴を待っていた。当然のことながら九十九家の息子たちは来客のもてなしに余念がない。

三郎のそばにはセクシーなドレス姿の不二子、四郎の横には品のあるキュートなドレスをまとった三和が華を添えている。

海藤知事と永田代議士も顔を見せていた。利権のにおいのするところなのであるから当然である。永田の傍らでは真っ赤なドレスをまとった千代が華やかに微笑んでいた。

タキシード姿の萬も目立たぬように壁ぎわで客たちの顔ぶれを探っていた。

そして、ステージ横の司会席では、ブラックドレスのサランがマイクに向かうところだった。

「皆様、本日はお忙しい中、北アルプス大型リゾート施設・雷鳥楽園リゾート建設プロジェクト発表記念パーティーにお越しいただき、誠にありがとうございます。はじめに皆様ご存じの『信州のドン』ことアルプス雷鳥グループ代表・九十九道山よりご挨拶させていただきます」

会場から割れんばかりの拍手が起こった。

道山は、薄い笑みを浮かべてマイクの前に立った。まずは会場全体にひしめく来客たちを満足そうに見渡した。

「ようこんな山奥まで来てくださいました」

客たちの間から笑い声が上がった。

「永田町からわざわざ駆けつけて下さった代議士の先生方も、熊に食われんでよかったです」

さらに一段と大きな歓声が上がった。つまらないジョークに笑うというよりも、これから巨大ビジネスを手がけるグループオーナーへの追従《ついしょう》そのものだった。

そして、そんな道山を最も熱い眼差しで見つめているのが末っ子の五郎丸だ。五郎丸にとって道山はどんなスーパースターよりも尊敬できる存在なのだ。

そして、その横にはメイド服姿の五月がかしずいていた。五月は五郎丸のどんなわがままにも嫌な顔ひとつせずに従うため、五郎丸専属になっていた。

道山は、今度はやや悲痛な表情をつくって続けた。

「この場を借りて、先日の火事で亡くなった、私の親友であり片腕だった北村旭市長に感謝の言葉を述べさせてください」

ここで道山はわざわざ壇上に置いた、自身と北村市長のツーショット写真に向かって言った。

「旭、この日を迎えられたのは旭のおかげや。ほんまにありがとう」

茶番劇だ。千代はそう思ったが、見せかけの友情に感動した客の中には、涙を浮かべている者すらいた。

自分で北村市長の殺害を命じておいて、よくもしゃあしゃあと……秘書たちはこみあげる怒りを必死に抑え込んでいた。

ここでサランがマイクの前に進み出た。

「では、ここでスペシャルゲストをおよびしましょう」

当然道山には何も伝えていない。どういうことだと怪訝そうな目で道山がサランを睨んだが、サランは大きな声で言った。

「サプライズです。あちらの扉にご注目ください！」

大広間につながる扉が大きく開いた。そこに登場したのは、およそパーティーには似つかわしくない作業着姿の牧場の元従業員たちだった。病み上がりの正夫は一人で歩くこともできず、仲間たちの肩を借りている。ハヤトとユキの姿もあった。彼らを連れてきたのは萬だ。客やセキュリティーたちの目が大広間に向けられている隙に裏口から招き入れたのだ。

「どういうこっちゃ」

さすがの道山も動揺が隠せない。

美都子や三郎、四郎にいたっては、完全に思考停止状態である。客たちの方は従業員の苦労話でもするのだろうと、演出だと思っている人間が大半だった。

サランが素早くたたみかける。

「今回のプロジェクトで人生を変えられた雷鳥牧場の皆さんです」

元従業員たちは口々に叫び始めた。

「ドン、ひどいじゃないかッ」

「わしらを追い払って、リゾート開発か！」

「俺たちは騙《だま》されたんだ」

「うちの人はドンを信用したから土地を手放したのに。やっとあんたの魂胆がわかっただよ」

「みんなをもとの暮らしに戻して！」

ユキが必死にドンに呼びかける。

「牧場を返せ！」

ハヤトの願いも悲痛そのものだ。

その後は「土地を返せ」「暮らしをもとに戻せ」という言葉の連呼になった。客たちも演出などではないことに気づき、会場は騒然となった。

ようやく我に返った三郎が社員たちを指揮し、元従業員たちに「あちらでお話ししましょう」と表面だけは丁寧に、しかし、有無を言わせぬ力で別室へと引きずり出した。

サランもまた社員らに力ずくで司会席から下ろされた。

道山はサランを冷たい目で言った。

「おまえ、一体何者や」

サランは答えず、ただ強い目で道山を睨み返しただけだった。まだその時ではない。

マイクを取ったのは美都子だった。動揺を抑えつけ、あえて冷静な声でアナウンスを始めた。

「皆様大変失礼いたしました。ご静粛にお願いいたします。この雷鳥楽園リゾートが完成すれば、必ず地元の雇用も充実いたします」

先ほどの騒動は、いかにも一時的な雇用の喪失を大げさに騒ぎ立てていただけのように思わせる巧みな言葉だった。

「さて、皆さんお待ちかねの完成図をお見せしましょう」

広間の照明が落とされた。部屋の隅々に置かれていたキャンドルライトが途端に幻想的な明るさを増す。

そして、華々しい音楽と共に正面のスクリーンにリゾートの完成予想図が映し出された。その途端、先ほどの騒ぎが嘘のように客たちの口からため息が漏れた。美都子が続ける。

「これが雷鳥楽園リゾートの完成図です。伝統的なグランドホテルの雰囲気を現代的にアレンジした格調高いインテリアとサービスを提供するラグジュアリーホテル。その横には、国内最大規模のコンサートからスポーツ競技までなんでもできるドームを併設し……」

これでもかというほど大規模で最新設備を配備したリゾートの説明が続いた。人々の目はスクリーンに釘付《くぎづ》けになっている。ここで千代はパーティーバッグの中に忍ばせたスマホを操作した。

その途端、スクリーンの映像が変わった。九十九家所有以外の土地で、リゾート地にかかる家や農地を時にはなだめすかし、時には脅して取り上げていく男たちの姿、そして、雷鳥牧場の火災の様子、ホテルの地下のタコ部屋に押し込められて酷使される元従業員たち、そして倒れた正夫に暴力を振るう男たち……千代自身が撮影したり撮影者から入手したりした映像だった。

映像は、弱い者を罵倒し、乱暴を働く男たちの怒号、そして殴られた者の悲惨な叫びを余すところなく伝えている。

事前に知っていた五月はさすがに子供に見せるのはどうかと思い、「五郎丸坊ちゃんはご覧にならない方が」とかばおうとしたのだが、五郎丸は拳を握りしめ懸命にスクリーンを見つめていた。

客たちも「なんなんだこれは」「さっきの人たちの言ってたことは本当なのか」と声を上げ始めた。

「やめろ！　やめろ！　やめろ！」

「やめろ！　やめろ！」

三郎と四郎が部下に命じるのだが、遠隔操作されているために映像は止まらない。

そして、客の一人が「アッ」と声を上げ、スクリーンと海藤知事、永田代議士を指さした。

スクリーンには、先日のクラブでの二人の密談が映し出されたのである。

『国交省と環境省の認可二つで十億。さらにリゾート施設の売上の一割』

永田が条件を出し、海藤知事は札束がぎっしり詰められた菓子折りを差し出し、永田がそれを受け取る……あからさまな贈収賄現場の証拠映像である。

「違う！　これは私じゃない！」と海藤がスクリーンを隠すように立ちはだかった。

「合成だよ！　フェイクニュースだッ」

永田も必死で打ち消そうとする。だが、ざわめきはやまない。スマホを向けている者もいる。

千代がスッと二人に近寄った。

「あら、先生。あそこに映っている私までフェイクだとおっしゃるんですか。ひどいじゃないですか」

千代は艶然と微笑み、逃げ出そうとする永田の前に立ちはだかった。

すかさず五月が前へ出る。

「この世は万事、表があれば裏がある」

不二子がさらに前へ出た。

「光があれば、闇がある」

「その闇の中にこそ、光る真がある」

三和が並んだ。

「おまえらが仕組んだのか！」と四郎が叫んだ。

「なんなんだ、おまえら!?」

三郎の顔は怒りで真っ赤だ。

「名乗るほどの者ではございません――」

秘書たちは毅然《きぜん》と声を揃えた。

その時だ。じっと成り行きを見ていた道山が突如高らかに笑い声を上げた。

「ハハハハ、皆さん、とんだ茶番をお見せしましたなあ」

客たちは、一体どういうことなのか、これは内部告発なのか、それともまだ演出の一環だというのか、状況をのみ込めずにいた。

「この胡散臭《うさんくさ》い秘書たちがしょうもない言いがかりつけやがって。それがどないしたんや。今さら後戻りしたいんか。俺に反対するヤツは出て来いッ」

さすがに信州のドンと恐れられた男だ。告発に対して何ひとつ釈明することなく、利点のみを全面に押し出すことにしたようだ。

「ええか、この土地は生まれ変わるんや。もう若い者が都会に行かんでもええ、ここで誇り高く金を稼ぎ、家族を養い、仲間と協力して生きていける。そういう豊かな町にしたいんやろ！　なら、わしについてこい。わしがこの土地を変えたるんや！　この九十九道山があんたたちの未来も変えたるんや！」

道山は吠えた。誰も口を挟めなかった。

一瞬の静寂の後、三郎と四郎がパンパンと手を叩き始めた。その後、戸惑ったような表情をしながらも他の者たちもつられたように拍手をした。拍手はやがて会場全体に広がっていった。

美都子だけが困惑した顔をしていたのだが、遅れてようやく最後に拍手の波に続いた。

千代たちは呆然とし、あっけにとられていた。なぜこの人たちは先ほどの正夫たちの言葉を聞き、証拠の映像を見ても拍手ができるのだ。弱い者を踏みつけても巨大ビジネスを成功させることの方が大切だというのか。それがこの町の正義なのか。

萬の指示のもと千代たちが、今日この大型リゾート発表会の場に正夫たちを呼び、九十九道山の非道なやり方を世間に公表しようとしたのは、なんとしてもリゾート開発を阻止し、人々の暮らしを取り戻したかったからだ。さらに美しい自然がめちゃくちゃにされるのを防ごうとした。

そして、中央の政治家たちとの汚い談合をも白日のもとにさらす。そのために危険を冒して潜入捜査をし、この日の計画を入念に練ってきた。

それなのにこの結果はどういうことだ。このまま何事もなかったように大型リゾート開発は進められてしまうのか。

千代は入り口近くにいる萬を見た。萬はしきりに時計を気にしている。萬には、もう一つ切り札があったのだが、予想以上に時間がかかっている。このままでは、道山の思い通りになってしまう。

もう限界か。やはり無理だったのか……そう思った時だった。大広間につながる階段上部のドアが開いた。

切り札の登場である。その切り札とは——七菜だった。

客たちの視線が集まる。

拷問された傷はまだ癒えず、頭には包帯が巻かれ、顔にも擦り傷、折れた足にはギプスを巻いて松葉杖《まつばづえ》でようやく立っているような有様だった。かつてウェディングドレス姿で現れたのと同じ場所に痛々しい姿で立っている七菜は今日は一人ではなかった。

「……二郎、おまえ、生きとったのか」

道山がまさに亡霊を見たかのように驚愕《きょうがく》の表情を浮かべ絞り出すように言った。七菜を支えていたのは、緊張した面持ちの二郎だったのだ。

「あなたに見つかったら、何をされるかわからないから、航一さんが匿ってたんです」

七菜は強い目で道山を見返していた。千代はその様子を心から頼もしく思った。

「なんやと——」

「お父さん、もうやめてください。これ以上犠牲者を出さないでください。牧場に火をつけ、市長を葬り、七菜さんと僕をこんな目に合わせたのは、お父さんです。あんたは人殺しだ——」

道山は絶句した。そう、すべては本当に道山の仕業《しわざ》だったのである。

それは、二郎と七菜の結婚披露パーティーの直前のことだった。すでに新郎の礼装に着替えた二郎は、道山、三郎、四郎、美都子、北村市長らと大広間で議論になった。

「ドン、あんたは綺麗事を言って、この土地を金儲《もう》けの道具にする気だろう。そんなことをするなら、計画を市民に全て暴露して断固阻止する」

「お父さん、僕も反対です。牧場の土地は絶対に渡しません」

今まで何十回となく行われてきた議論だった。道山はアルプス雷鳥グループの中では利益の小さい牧場事業を完全に廃止しようとしていた。特に二郎が行っている不登校の子供たちの教育や労働生産性の低くなった農家の受け入れなどは、経費がかかるばかりで利益も出ないことに労力を使ってと苦々しく思っていた。

「……そうか。ほな、しゃあないな」

道山は静かに言った。

この時点で、市長は道山が計画を撤回するものだと信じた。さすがに市民に計画を公開すると言えばあきらめるだろうと思ったのだ。だが、そこに油断があった。ここまでの話は全て扉の陰で九重が聞いていた。その後は、道山が目配せひとつして、九重とその手下が動くまであっという間だった。

結婚披露パーティーの会場から北村市長を拉致すると、瀕死の重傷を負わせ、牛舎に放置し、放火した。その時に二郎もおびき寄せ、襲ったのだが、しかし二郎は警戒していたため、致命傷を負わせるには至らなかった。火をかけられ、生きながら焼かれる寸前に逃げ出すことができたのだ。

逃げた二郎を偶然にも助けたのは兄の航一だった。憎き道山を父に持つ兄弟を助けることに理由は要らなかった。自身の営むラーメン屋で二郎を匿い続けた航一は、千代にすらそのことを言わなかったくらいだ。

二郎の殺人の告発には、弱者救済よりも己の利益を求める者たちもざわめいた。そこに萬が追い打ちをかける。

「警察に被害届は出ています」

七菜が大きく頷いた。会場のざわめきが一段と大きくなった。

五郎丸が心底心配だという顔で父に近づいていった。五月は止めていいのかどうかもわからずにじっと見守ることしかできない。

道山は何を考えているのか、石像のように無表情になり、何も言わなかった。

「お父様――」

五郎丸は道山の足元にすがり、その顔を見上げた。しかし、道山はその手を邪険に振り払った。五郎丸はしりもちをついた。

「邪魔やッ」

そう吐き捨てると、突然踵《きびす》を返し、会場を飛び出していったのである。

豹変《ひょうへん》し、自分を置いて逃げ出した父の後ろ姿を五郎丸は呆然と見送っていた。五月はその小さな身体を助け起こした。大人の汚い一面、父の冷酷な面を目の当たりにして、少年の心がどれほど傷ついたかわからない。

そして、千代、不二子、三和、サランはすぐに道山の後を追いかけようとしたが、九重たちがその行く手を遮った。

ならず者とドレス姿の秘書たちの大立ち回りが始まった。

「おい、やれ」

九重の一言で、出入口を塞いでいた黒服の男たちは一斉に秘書たちに襲いかかった。

「きゃあ！」

殴られる——向かってきた男に悲鳴を上げた五月をとっさにかばったのは萬だ。スポーツ万能の萬は、目にも止まらぬ速さで相手を殴り飛ばす。

秘書たちの中でも、腕力に自信がない五月はサランと抱き合ってなんとか男たちに襲われないようにと逃げまどっていた。

客たちは騒然となり、部屋の隅やテーブルの下へと逃げ込んでいく。

千代はドレスのまま、次々と男にパンチを決め、キックボクシングの要領で回し蹴りを決める。どうしていいかわからずにトレーを持って立ちすくんでいるボーイに「お借りします」と微笑むと、トレーを黒服男の腹に当て、思い切り蹴りを決めた。赤いドレスの裾がひるがえり、そばにあったテーブルを道連れに男が吹っ飛んでいった。

不二子は大きくスリットの開いたブルーのドレスで、男を大外刈りで床に叩きつけ、床で大きく回転すると、関節技で男の腕をねじった。バキッという不気味な音とともに戦闘能力を失った男は失神した。

三和は身軽にテーブルに飛び乗ると、その正面にいる男たちの不意をついてバック転、素早くテーブルの下をくぐり抜けながら赤いテーブルクロスを引き抜き、男たちに剣のように振り下ろした。ひるんだ男二人をまとめてテーブルの上に組み伏すと、その上に飛び乗る。シャンパングラスがグシャッと割れた。

伸びた男たちを背に、三和はニヤッと笑う。息ひとつ切らしていないが、最高に血が騒いでいるのだ。

「やったー!」

それを見てつい声を上げてしまったサラン。黒服男の一人に目をつけられた。たちまち殴りかかってきた。

ヤバ! サランは階段の方へ逃げた。すぐに男たちが追いかけてきた。後ろからドレスを掴まれた。

「ギャーッ」

階段の手すり越しに男の一人が手を伸ばす。

「あー、ども」

足を出したら、古くなっていた木製の手すりがバキッと折れて、男は勝手に落下していった。振り向いたところにまた一人。

「ギャーッ！」

あまりの悲鳴の大きさに怯んだ男にめちゃくちゃに空手チョップをしたら、ウググとうめいて階段から落ちていった。

武芸のたしなみはないが、妙に強いサランである。

美都子はそんな乱闘を前に立ちすくんでいた。どうしていいのかわからない。なぜこんなことになってしまったのだ。道山の政界との癒着こそ薄々気づいてはいたが、まさか殺人計画など何も知らされてはいなかった。もしも知っていたら、身を挺して止めていた。結局自分は義父道山にとっては、使い捨ての駒であり、信頼などされていなかったのか。

萬の方へ目をやると、まさに九重に襟首を締め上げられようとしていた。

どうか怪我などせずになんとかこの場が収まってほしいとしか美都子は考えられなかった。

萬の方はといえば、九重に首を締められ、息が苦しい。殺人を犯すことなどなんとも思わない男の目は非情だ。負けてたまるか。手を伸ばした先に氷を満杯にいれたアイスペールがあった。とっさにそれをひっ摑み、九重に投げつけた。さすがの九重もふらついた。

だが、九重の方も並の修羅場をくぐってきた男ではない。すぐに立ち向かってくる。萬は空のアイスペールを二つ摑むと、ボクシンググローブよろしく両手にはめた。ファイティングポーズをとると、飛び掛かってきた九重にパンチを浴びせた。

ふらつく九重にさらにとどめを刺そうとしたのだが、部下が九重を外へと逃がし、大広間を出ていった。恐らく道山の逃亡に手を貸すつもりだろう。追いかけようとしたのだが、手下どもが立ちはだかる。

その間、五月はひたすら階段の踊り場で五郎丸を守り続けていた。襲いかかってきた男にはハエ叩きで応戦。これが意外にも敵の目つぶしになって、階段から転げ落とすことができてしまった。

さらに乱闘は続く。秘書たちはますますエンジンがかかってきた。

三和は招待客のものなのか、拾ったステッキを竹刀がわりに男たちをなぎ倒していった。

不二子も次々と柔道の技を決めていく。

サランは相変わらず叫びながら、必死なパンチが当たり続けていた。

千代は脚もあらわに鮮やかな蹴りで敵をかわしながら、出口へと進んだ。なんとしても逃げ出した道山を追わねばならない。

「待て！」

出口に向かった秘書たちを黒服の男が追う——萬が横から見事な蹴りを放った。

萬は叫んだ。

「ここは任せろ！」

千代たちはうなずくと、大広間を飛び出した。なんとしても道山を捕まえ、警察に突き出さなくては。このまま逃がしてしまえば、水面下であちこちに手を回し、誰かに罪をかぶせて自分は必ず当初の目的を果たそうとまた暗躍するはずだ。それだけは許してはならない。

秘書たちは、雪の積もる屋外へ飛び出していった。

15

屋外は、昨夜から降り続いているせいで更に雪が深くなっている。飛び出してきた道山はタキシード姿のまま足を取られながらも必死に逃げていた。

その行く手にスッと航一が現れた。七菜と二郎を送り届け、しばらく外で様子を見守っていたのである。

「無様ですね、お父さん」

「航一──」

「逃げる姿は、信州のドンどころか、ドブネズミだ」

道山は不仲な息子を探るように睨みつけた。

「これは、おまえが仕組んだことなのか」

航一は答えない。

「復讐《ふくしゅう》か……？」

「復讐？　そんなことしたって死んだ人間は帰ってきませんよ」

航一の胸には、優しかった母が道山の優しさの欠片《かけら》もない罵倒と浮気でだんだんと心を病んでいったすべての記憶が刻みつけられている。

そして、最後の日、母は道山に命じられて曲がりくねった山道を届け物をするために車で走った。猛烈なスピードで対向車が突っ込んできた時、母は強くブレーキを踏んだが、なぜか利かなかった。車はガードレールを突き破り、谷底へと落ちていった。

母の最後の記憶は、「逃げなさい、航一。あの人とは関係なく生きるのよ……」と絞り出すように言った声。そして、車は火を噴き、その勢いで破片が飛んできた。その中の一つが左目に当たった瞬間、航一は気を失った。

「おまえの母親は自分で勝手に死んだんや。市長もみんな勝手に死んだんや。俺は知らん」

「あんたはいつだってそうだよ。自分は手を下さず、周りを仕向けて邪魔者を消す……家族でさえも」

航一は燃えるような目で父を見た。だが、光があるのは右目だけだった。航一は自分の左目に指を当てると、深くえぐった。

「僕は、これで済みましたけど――」

その掌には義眼が載せられていた。不気味な義眼が道山を恨むように見つめている。

父と息子は無言で睨み合った。道山がフッと笑った。

「航一、おまえ、俺に似てきたな」

「やめろ」

航一は叩きつけるように拒絶する。

「いや、よう似てきたわ。正義の味方みたいな顔して、本当の目的はなんや？　金か？　権力か？　それとも、あの土地か？」

航一は答えない。知らぬ者が見れば、航一がまるで図星を指されたかのような顔に見えたかもしれない。

航一が口を開きかけた時、ようやく九重と手下たちが追いついてきた。

「ドン、早く逃げてください。こっちへ」

九重と手下たちがたちまち道山を護衛し、連れ去った。これから安全な場所に逃れ、大混乱となった新プロジェクト発表会で起きたことは、すべて反対派の嫌がらせだったと発表することになるだろう。証拠映像や写真などなにほどのものでもない。結局のところ金さえ手に入れられれば皆最後には黙るのだ。

道山はそう信じていた。

その直後、千代は航一が屋敷に入っていくのを見た。一体なぜなのだろう。

千代はそっと航一の後を尾《つ》けることにした。

千代のすぐ後から不二子、三和、サランもやってくる。

「千代？」

不二子は千代が再び屋敷に戻るのを見て怪訝に思った。だが、今は道山を追うことの方が先決だ。

その時車の低いエンジン音がした。見ると、黒のSUVが猛スピードで駆け抜けていくところではないか。後部座席には道山が乗っている。

「道山があの車に！」

サランが叫ぶ。このままでは逃げられてしまう。

不二子が悔しげに振り返った。

「まだあきらめるのは早い。いいものがあるじゃない」

屋根付きの駐車場を指さした。そこには山林管理に使うスノーモービルが数台置いてあった。

「行くよ！」

サランも三和もすぐに頷くと車庫に向かって走り出した。

16

主《あるじ》を失った九十九邸の大広間は、もはや先ほどの新プロジェクトの熱狂は微塵《みじん》も感じられなくなっていた。大立ち回りの名残《なごり》で、誰も手をつけることのなかった料理は冷め、床に散らばり、踏まれて、高価な絨毯《じゅうたん》にシミをつくっていた。

金のにおいにつられてやってきた政治家や地元財界人たちは、こんなところにいれば不正の片棒を担がされるとでもいわんばかりに我先に退出していく。残っているのは、野次馬根性で、この後の状況を見てみたいという者だけだ。

三郎も四郎も、挨拶もせずに帰っていくＶＩＰたちを止める言葉も術《すべ》も持っていなかった。

いつも父道山の言うとおりに行動し、操り人形でしかなかった息子たちは、父親の裏工作すら知らされてはおらず、先ほど目にした告発の真偽すら判断できなかったのである。

兄たちがそんな状態でいる中で、父親がどうにもならないほど追い詰められ、その挙句、心配した自分を拒絶した。そのことに一番傷ついていたのが末っ子の五郎丸だった。

父と離婚に向けて別居中の美しく華やかな母は、一円でも多く慰謝料を受け取ることしか考えておらず、自分に会いにこようとすらしない。五郎丸にとっては、父道山がすべてだったのだ。

「坊ちゃん、大丈夫よ……」

五月だけがそばを離れずにいた。放心状態の五郎丸に少しでもぬくもりを与えようと、その小さな背中をさすっていた。

だが、五郎丸の心は今日目にした大人の醜さに耐えきれなかった。

「うわあああああああ！　ウソだ！　ウソだ！　ウソだ！」

魂が抜けたようになっていた五郎丸が突然暴れ出した。テーブルの上のものをなぎ倒し、たくさんの花が活《い》けられている大きな花瓶を押し倒す。たちまち床は水浸しになり、床に落ちた高価な置物が音を立てて砕け散った。

「うわあああああ！　ウソだ！　ウソだ！　お父様のクソジジイ！　お父様のクソジジイ！　クソジジイーーーーッッ」

執事たちが必死に止めに入ったが、五郎丸は手がつけられなかった。

その姿は好きな遊びが思い通りにならなかった幼子そのもので、あまりに痛ましく、五月はしばらく悲しげに見ていることしかできなかった。

しかし、もうここまでだ。これ以上やらせても、決してこの子のためにはならない。

五月は足早に五郎丸に近づき、その腕を掴んだ。

「いい加減にしろッ」

そう言うと、思い切り抱きしめた。

「……ごめんね。泣きなさい。思いっきり泣いていいんだよ」

それは本来ならば母親が、まだ甘えたい盛りの子供に言ってやるべき言葉だった。生意気な態度も、こまっしゃくれた口の利き方も、全て権力を持つことしか考えていない父親が五郎丸の子供時代を奪ったからだ。五月は五郎丸が不憫《ふびん》でならなかった。

五月の温かく豊かな胸に抱きしめられて、五郎丸は堰《せき》を切ったように泣き出した。「お父様、お父様」とまだ道山を慕いながら。

五郎丸が落ちついて間もなく、女性使用人の悲鳴で五月は顔を上げた。見ると、五郎丸が花瓶と一緒に倒したキャンドルの火がカーテンに燃え移り、あっという間に燃え広がっていくところだった。

「火事だ!」「逃げろ!」「消火器を持ってこい!」という怒号と悲鳴が飛び交った。

まだ部屋に残っていた客たちは我先に扉へ殺到し、転げるように廊下に飛び出していった。

三郎と四郎に至っては、客の誘導もせずに「どけ、どけッ」と客を押し退《の》けて出ていく。

五月も必死で五郎丸を守りながらクッションで火を叩き消そうとした。だが、その間にも冬の乾燥した空気の中、炎は瞬く間に高い天井まで駆け上った。

使用人たちが消火器で白い泡を浴びせかけるが、炎の勢いの方がはるかに強かった。

五郎丸は自分が激情にかられてしでかしたことのあまりの結果に口もきけず泣きじゃくっていた。五月は五郎丸を抱えるようにして、逃げ出した。

ついに消火活動をしていた執事たちも火を消すことをあきらめ、避難していった。


大広間に残ったのは、美都子一人だった。美都子は壊れたように笑い出した。

「あはははは。こんな家、燃えればいいのよ……すべて燃えてしまえば……」

熱い炎はじわじわと押し寄せてくる。だが、美都子は立ち尽くしていた。

そこに飛び込んできたのは萬だった。

「何してるんだ！　早く逃げろ！」

「もういい……私、ここで死ぬ」

「美都子！」

学生時代と同じように萬は美都子に呼びかけたが、その目は虚ろだった。

美都子は萬の声など耳に入らぬように、サイドボードの上にずらりと誇示するように並べられた一族の写真の中の一つを手にとった。

それは司法試験に合格した時に撮った記念写真だった。養父である道山と合格証書を携え満面の笑みを浮かべている。

「この頃は希望にあふれてた……弁護士になって、世の中の悪と戦おうと本気で思ってた」

「美都子……」

美都子もまた道山の犠牲者なのだと萬は思った。弁護士になってしばらくは道山が話をつけた東京の大手弁護士事務所で修業をさせられ、実力がついたところで否応《いやおう》なく呼び戻された。

それからは金に物を言わせては楯突く者を黙らせ、無理な契約を押し通す、そんなグループの顧問弁護士として、当初目指した弁護士とはほど遠いところに来てしまったのだ。

リゾート開発計画のために、かなり後ろ暗い案件にも美都子は手を貸してきたが、まさか殺人まで犯し、実の息子である二郎まで殺そうとしていたとは知らなかった。

金と権力しか興味のない男。そんな男を養父としてその事業を助けてきた自分も同罪だと美都子は感じていたのだった。

萬は美都子の肩を抱き、連れ出そうとした。炎はもうすぐそばまで迫っている。熱風は容赦なく吹きつけてくる。

「ほっといて！」

「ほっとけるわけないだろ。俺は本当の君を知ってる」

その言葉に美都子はハッとした。そして、その途端涙が堰を切ったようにあふれ始めた。萬は美都子を抱き締めた。そして、そのまま大広間を飛び出した。

炎は階段の上まで上がり、大広間を睥睨《へいげい》していた九十九道山の肖像画に手を伸ばした。道山の姿が完全に炎にのみ込まれるまで、そう時間はかからなかった。

美都子は一度だけ焼け落ちる肖像画を振り返った。その涙に濡《ぬ》れた横顔を見て、萬は自分たちが暴いたことは、これからの美都子にとって茨《いばら》の道になるのだと改めて思った。だが、決して美都子が萬を恨んだりしないこともわかっていた。

表に出た後は、美都子は客がすべて避難できたかどうかの確認に走った。それは萬がよく知っていた頃の美都子と同じだと思った。


一方、逃げる道山を秘書たちは追跡し続けていた。警察に引き渡すまでは、絶対に逃がしてはならない。

不二子はスノーモービルを自在に操った。乗り物の運転ならば、バイクから大型トラックまでなんでもこなすのである。雪煙を上げて不二子は道山の車の前に回り込んだ。道を塞がれた車は、バックして振り切ろうとする。だが、そこにサランのスノーモービルが立ちふさがった。

冬の陽光を受けて黒光りするSUVの両側のドアが威嚇するように開いた。

「このアマ、ざけんじゃねえぞッ」

すごみを利かせて九重と手下たちが降りてきた。

だが、不二子もサランもひるまない。スノーモービルから降りると、すぐに戦闘モードに入る。

不二子はヘルメットを脱いだ。長い髪がふわりと落ちる。だが、その目は怒りに燃えていた。

「よくも仲間を痛めつけてくれたねッ」

ヘルメットを黒服の男たちに投げつけたのが、戦闘開始の合図となった。たちまち三人の男たちが不二子に襲いかかった。だが、ひるむどころか、次々と技を決め、雪原に叩きつけていく。

「ドン、あちらへ」という声に振り向くと、手下どもが道山を林の中へと抱えていこうしている。

「テイッ！」

掛け声も勇ましく、黒服の背中に向けて飛び蹴りを食らわしたのはサランだ。しかし、別の男がすぐにサランに摑みかかってきた。

「ダーッ！」と、めちゃくちゃにキックを繰り出すと、見事急所にヒット。男はうめいてうずくまった。

しかし、甘かった。九重がサランの背後に回り込んでいたのだ。後ろから腕で首を締められる。悲鳴も上げられない。

しかし、そこに追いついてきた三和がいた。

「七菜の仇《かたき》――」

三和は道路脇に突き刺さっていた木製の積雪計を引き抜いた。膝の上で真っ二つに折った。ちょうど使い慣れた竹刀の長さである。三和の目が光る。

九重に対峙《たいじ》した。

「トォォォ――」

もしも真剣だったら、めった斬りというところだ。ついに九重は、足をもつれさせ、木の幹に頭をぶつけると、その場に伸びた。

ようやく立ち向かってくる男たちを全員やっつけた。

道山はどこだ。雪原に目をやると、スキンヘッドの男が深い雪に足をとられながら逃げていくところだ。その姿がどんどん小さくなっていく。

サランが叫んだ。

「道山を懲らしめてやりましょう!」

三和、不二子、サランの三人は、タキシードの後ろ姿を追った。雪は膝丈まである。

男はすでに息が切れているのか、前へ進むのが異常に遅くなっていた。三人が追いつくのはすぐだった。

「待て！」

「おとなしく降参しなッ」

「往生際が悪いんだよッ」

男の襟首を掴んで向き直らせると、なんとそれは道山ではなかった。一体いつどこで替え玉とすり替えたのか。

「チクショー、逃げられた！」

不二子が吠えた。

こうなると、抜け目のない道山のことだ。案外発表会の場に横槍《よこやり》が入るかもしれないというリスクも計算していたのかもしれないと不二子は思った。

道山は雷鳥牧場にいた。火災で今は焼野原同然だ。牧場としての経営は完全にストップし、今は生き残った行き場のない牛をもとの従業員がなんとか世話をしている。

道山は、その小屋の片隅に身を縮ませて寒さに震えていた。

あの生意気な秘書の集団によって大切な発表の場をぶち壊された。腸《はらわた》が煮えくり返っていた。

航一の母親の雪子と結婚したのは、この牧場と周辺の広大な土地を所有していると知ったからだ。大阪に友達と遊びに来ていた二十歳の雪子は、その抜けるような色の白さで街中でも目立っていた。だが、明らかな田舎者で、声をかけると簡単にひっかかった。舅《しゅうと》となった百之輔とは最初からそりが合わなかった。牧場だけをかたくなに守り、事業を広げることなど全く頭にない、ただの小市民。ことあるごとに農民たちと酒を酌み交わし、地元の名士とおだてられているだけで満足していた。

しかし、この土地には可能性があると思った。牧場だけでなく、ホテル事業の話が持ち込まれた時もすぐに乗ろうと思った。

ここで邪魔になったのが雪子だ。航一と二郎の二人の息子をもうけ、子供のことしか目に入らない女のくせに、山を切り開きホテルをつくることに反対したのだ。

「わしは地元のためにと思ってるんやけどなあ。妻の頭が固うて困るわ。最近車の調子も悪いしなあ」

そんな暗号めいた言葉を言うだけで、九重は妻の車に細工した。航一が乗っていたのは計算外ではあったが、もともと子供に愛情などない。死んでもかまわなかった。

ギャンブルで借金まみれになっていた板前くずれの九重には、借金を清算してやり、小さな店を持たせてやった。その恩義で今ではどんな汚れ仕事も言葉ひとつ、目配せひとつでやってのける。

それにしてもここは冷える。

「早う誰か助けに来んかい。なにしとんのや。遅いやないか」

背中を突《つつ》かれた。やっと来たか。

顔を上げると、そこには二郎と七菜がいた。背中を突いたのは、七菜の松葉杖だった。

なぜだ。なぜここがわかったのだ。道山は驚きのあまりすぐには言葉が出なかった。

「二郎——」

「お父さん、往生際が悪すぎますよ」

「なんでここがわかった⁉」

道山は知らなかった。秘書として道山のパーティー用のエナメルシューズを磨きながら、その踵《かかと》部分にサランがGPSの発信機を埋め込んでいたことを。

七菜は憎しみのこもった目で道山を睨みつけ怒鳴った。

「息子も嫁も、なめんじゃねえっっっっ！」

道山はヘナヘナとその場にしりもちをついた。さすがにもう観念するしかない。

牛がそんな道山をあざ笑うようにモーッと鳴いた。

二郎に腕を掴まれ、警察まで連れていかれる間、美都子に電話をかけ続けたのだが、応答がなかった。なんのための顧問弁護士だ。どいつもこいつも使えない。なぜこんな無能な子供しかいないのか。

被害者が聞いたら的外れ過ぎる怒りに震えながら、道山は警察に引き渡されたのだった。

17

九十九邸の大広間から出火した火災は、まだ広大な屋敷を焼き尽くすには至っていなかった。

道山を追うよりもなぜか屋敷に戻っていった航一。その航一は、煙の充満し始めた道山の執務室で何かを狂ったように探し回っていた。

命の危険を冒してまで一体何を探しているのか。

金庫を開ける。中には札束や権利関係の書類がぎっしり詰まっていたが、航一は見向きもせずに床に投げ捨てていった。

「ない……ない……どこだ？」

煙が激しさを増してきた。だが、航一は手を止めようとしなかった。

キーッ、ギッギッ。

廊下から聞こえてきた音に目を上げると、車椅子の百之輔がいた。

航一はじっと祖父を見た。幼い頃はよくこの土地にまつわるおとぎ話をしてくれた祖父だ。しかし、今ではもう誰も彼の存在に注意も敬意も払わない。

航一自身、もう何年も百之輔とはまともに会話を交わしていなかった。

だが、今祖父の目を見れば、理性も知性も以前と変わらないことがわかった。

航一は悟った。祖父なら知っている。

「地図はどこですか」

それだけ言えばわかると思った。

百之輔は、真意を探るように航一の目を見据えた。

「おまえはあの泉を守ってくれるんだな」

そう問いかける目には悲壮感が浮かんでいた。

航一は黙って頷いた。

百之輔はいくらかの疑惑と逡巡《しゅんじゅん》を見せて言った。

「……そこじゃねえ、地下だ」

この屋敷の地下には、道山が見栄《みえ》でつくった巨大なワインセラーがある。

自分に教養がないことを嫌と言うほど知っている道山は、世界中から高価なワインを買い集めた。政財界の重鎮をもてなす時には一時的に暗記したワインの蘊蓄《うんちく》を述べ、少しでも自分を大きく見せる武器としてしかワインに意味を見出《みいだ》さない男だ。味など全くわかっていない。

だがそこは、温度と湿度が保たれ、古文書を保管するには最適だったのだ。

捜し物のありかを聞き出すと、航一は車椅子の百之輔を安全な場所まで連れて行き、地下室に走っていった。

百之輔は地下へ向かう航一の後ろ姿を見送った。愛する一人娘雪子の忘れ形見で、人一倍反骨精神が強いため道山とはずっとぶつかってきた航一。海外で放浪生活を送った後、帰国した後は考え込みながら山を歩き回ることが増えていた。

あの土地の本当の価値は道山には知らせていない。しかし、航一は自分で探り当てたのだろう。

海外で何を見てきたのか。あの泉には、もう百之輔は自分で行くことはできないが、航一が一人で泉を眺めていたのを見かけたという話は、美都子や、山へきのこを採りに行った使用人から聞いていた。

航一は愛しい娘雪子が生んだ孫だ。今や自分と血のつながりがあるのは、航一と二郎だけになってしまった。その航一が幼い頃、膝に乗せて自然が何万年もかけてどんな金銀財宝にも勝る水を生み出したのだという話をしてやった。

水こそが命の源だということを、幼いながらに航一は理解したようだった。

水は生きている。水脈は、まるで地中深くに棲息する龍のように複雑にその流れを保ちながら流れ続けている。人々はそれを知らない。二束三文の価値しかないと思われている山野こそが実は大きな意味を持つ。

幼い頃から命の大切さを身をもって知っている航一ならば、きっとあの水も大切に利用してくれるだろう。九十九家の当主だけに大切に伝えられてきた地図を、今百之輔は信じた唯一の人間航一に託したのだった。

この屋敷とともに灰になる前に、航一が地図を救い出し、後世へつなぐ手だてとしてくれることを百之輔は心から願った。


煙が充満する屋敷から外に出ると、五郎丸の泣き声と屋敷が燃えるゴウという音だけが響いていた。

百之輔は冷たく新鮮な空気を肺いっぱいに吸い込んだ。

「おじいさま、ご無事でしたか――」

美都子が駆け寄ってきた。涙に濡れた顔をしている。百之輔をまともな大人として扱うのは、この義理の孫娘だけだ。美都子もまた道山の犠牲者だ。

百之輔は大丈夫だと頷くと屋敷に目をやった。

屋敷が燃える。道山の欲と見栄によって必要以上に大きくつくられた屋敷が。かつて両親や妻たちと暮らしていた質素な家を取り壊してつくられた屋敷が、今燃え盛っている。

すべて燃えてしまえばいい。あの男のつくった王国などいらない。

百之輔が心の中で願っていることは、図らずも先ほど美都子が自分の命ごと燃えてしまえと叫んでいたことと同じだった。

「みんな無事か？」

萬は暗闇の中、仲間たちの安否を気遣った。

道山を追っていた不二子、三和、サランたちに、二郎と七菜も戻っている。

だが、千代の姿だけがない。そのことに気づいた不二子がすぐに千代の携帯に電話をかけた。だが、電源を切っているのか、つながることはなかった。

その頃、千代はどうしていたのか。

まだ気づかれないように航一を尾行し続けていた。そろそろ火が回る。だが、このまま航一の本当の姿を知らないままでは自分が前へ進めなくなると思っていた。

こんなにも心が通うと感じた相手はいなかった。今回のことは七菜の結婚話からすべてが始まった。その中で航一と出会い、惹かれた。

今、千代の中にはある疑いがあった。打ち消そうとしても消せない疑いだ。自分の勘と考えが違っていてくれることを願いながら、千代は愛し始めている男の後を追っていった。

屋敷内にはいよいよ煙が充満し、大広間から燃え広がった火はさっきまでいた階にも襲いかかったようだ。

それなのに航一は逃げようともせず地下に向かった。一体地下に何があるというのだ。

航一は千代が追ってきていることに気づいていなかった。

地下は防空壕《ごう》のようなワインセラーになっていた。まだここにはさほど煙が流れ込んできてはいないが、そう長くはいられないはずだ。もしも上階が火に包まれれば、逃げ道がなくなる。時間がない。

千代は煙にむせながら闇の中に目を凝らした。

航一の姿があった。樽《たる》ごと並んでいるワインを次々と調べ、ある一つの樽を見つけると、引き出した。中は空のようだ。

「あった……これだ！」

巻物を手にして航一は叫んだ。紐《ひも》を解き、中を確認している。その目が異様に輝いていた。

千代はもう足音を忍ばせることもせずに航一に近づいた。航一が顔を上げた。

「千代さん――」

「あなたの本当の目的はなに？」

航一は答えない。その瞳は、純粋に山や雪原の美しさを語り、山奥の泉の水の美味しさを子どものように千代に教えようとしていた時とは明らかに違っていた。

この人には何か恐ろしい野望がある――。

千代はそう感じた。

「この土地には何か秘密があると思ってた。航一さんしか知らない秘密が……」

千代は低い声で問いかける。

航一は千代を見つめた。欺こうという表情ではなかった。

「……ブルー・ゴールド」

耳慣れない言葉に千代は戸惑った。

「地下に眠る美しい水だ」

航一はまるで憧れの女性の名を口にするかのような表情を浮かべた。

そして、手にしていた地図を見せた。それは北アルプスの複雑な地層に抱かれるように地底深くに眠る地下水の水脈を表すものだった。

それは牧場とあの山を中心に龍のように広がり、まさに道山のリゾート開発予定地と重なっていた。

「……美しい水？　あの泉のこと？　それを手に入れるために、二郎さんも、七菜も、私たちのことも利用した……そうなの？」

あの水源は牧場に隣接している。リゾート開発をすれば、確実に汚染されてしまう位置にあった。豊かな地下水は、今さまざまな利益の源泉となっていると聞いたことがある。

だから――。

道山に楯突く形で二郎を助けたのも、命懸けで道山の殺人の証拠を集めてきた七菜からの情報も、あの発表会の場で千代たちが身体を張って、正夫たちとともに道山の不正を世間に暴露したことも、すべてはここにつながっていたというのか。

それは自然を守りたいという純粋な思いには見えなかった。もし本当にそうならば、ブルー・ゴールドの存在を発表し、正々堂々と自然保護を訴えればよかったはずだ。

航一が求めているのはそんなことじゃない。

さらに問い詰めようとした時だった、ギシギシという嫌な音が鳴ったかと思うと、柱が千代に向かって倒れてきた。一段と煙が立ち込める。上階が焼け落ち、この地下室も壁が持ち堪えられなくなっていたのだ。

柱が千代に倒れかかる刹那、航一が動いた。そして、千代をかばうように倒れ込んだ。

その背に柱が崩れてきた。

「うう――」

「航一さんっ！」

航一がかばってくれたおかげで千代は無傷だった。だが、航一は背中を強打したらしく、その顔は苦痛に歪んでいた。

「……千代さん……無事か？」

「私は大丈夫です」

だが、身動きがとれない。航一はこんな状態なのに、必死に千代を守ろうとしているのがわかった。だが、意識を失いかけている。

ゴウゴウと屋敷の中では様々な物が焼け落ちる音と振動が響いている。

このままでは二人とも焼け死んでしまう――。

だが、一方でこのまま航一に抱かれる形で眠るように心臓の鼓動を止めるのもいいかもしれない。

千代の脳裏にそんな馬鹿げた考えが忍び込むのは、酸欠のせいだろうか。

千代は静かに目を閉じた。

屋敷の外では、勢いを増す炎になすすべを持たない人々がただ呆然と形を失っていく九十九王国の象徴を見つめていた。

百之輔は火災を見つめる人々の中に航一がいないことに気がついた。

「……航一はまだ中にいる」

うめくような言葉を聞きつけ美都子が驚く。

「航一さんがまだ中にいるっていうんですか――」

「兄さん——」

二郎は驚いた。道山を捕まえた後、兄が見当たらず、連絡もつかないことを案じていた矢先だったのだ。

この時点でまだ千代も家の中にいることがわかった。不二子が屋敷に入る千代を見た後、出てきたところを誰も見ていない。

その時、フラッシュオーバーが起きた。すさまじい爆音とともにいくつかの窓が吹き飛んだ。

人々から悲鳴が上がった。

「千代先輩……」

七菜は顔をぐしゃぐしゃにして泣いていた。すべては自分がもとで仲間たちを巻き込んでしまったことなのだ。万が一のことがあれば、死んで詫びなければと思った。

「私、行ってくる!」

不二子が火の中へ飛び込もうとした。

「ダメだ! 俺が行く」

萬が不二子の腕を摑んで止め、屋敷に近づいた。

突然焼け落ちたドアの向こうに人影が現れた。

千代だ。千代はぐったりした航一を肩に担ぐようにして支えている。航一は半ば意識を失っているのか、まともに自分では歩けないような状態だった。千代もよろけ、ほとんど気力だけで立っている。ドレスの上に羽織ったコートはあちこち焼け焦げ、白い肌は煤《すす》で汚れ、ところどころ火傷《やけど》を負っている。

皆が千代たちに駆け寄った。

「千代！　大丈夫か⁉」

「……この人を……お願いします……」

萬の問いかけにかろうじて頷き、つぶやくと、千代はその場にくずおれた。

千代の手に握りしめられていたブルー・ゴールドの水脈を示した地図が風にあおられひろがった。

信州の宝とも言うべきブルー・ゴールドは今まさにこの地下に流れているのだ。

夜が明ける頃には、九十九道山の欲と野望を育んできた信州一と言われた豪邸は、その凋落《ちょうらく》を象徴するかのように完全に焼け落ちた。

18

信州の、いや日本の宝とも言うべきブルー・ゴールドが溢《あふ》れ出す泉は、人間の欲望とは関係なく、何千年も変わらず澄みきっていた。

秘書たちの作戦本部である温泉宿では、疲れきった秘書たちが萬の話に耳を傾けていた。

千代は病院で処置を受け、幸いたいした怪我《けが》もなく、もう少し様子を見て問題なければこちらに戻ってくると連絡があり、皆一様に安堵《あんど》したところだった。

不二子、三和、サランは道山の追跡と戦闘で、五月は五郎丸を連れて命からがら避難しなければならなかった火災の余波で、皆ボロボロだった。服は汚れ、あちこちに打ち身や擦り傷をつくっている。

「このあたりの大地の下には、地上からは想像もつかないような地下水脈が縦横無尽に走っている。それがブルー・ゴールドだ」

「ブルー・ゴールド?」

聞き慣れない言葉に七菜が首を傾げる。

「中でも、二郎さんの雷鳥牧場の下には、潤沢な水資源が眠っている」

それは千代が命懸けで持ち帰った地図にはっきりと描かれていたことだ。

「え、ってことは、つまりお宝はただの水ってこと⁉」

五月がすっ頓狂な声を上げた。実は地図を見た時、真っ先に目の色を変えたのは五月なのだ。これは秘宝に違いないと大騒ぎをした。その分落胆は大きかった。水では、どんなに美味かろうが持ち帰るわけにはいかない。

水と聞いて落胆したのは不二子も同様だ。

「確かにこのあたりの水は美味しいし、仁の湿疹《しっしん》もきれいに治ったけど……」

東京にいる時には塗り薬が欠かせなかった仁のお腹の湿疹は、毎日温泉に入れていたら、すっかり完治していた。

「水が当たり前のようにある日本では、ありがたみがわからないが、世界の途上国には水がなくて困ってる国が多くある」

「そういう国からすれば、かけがえのない財産ってことですか……」

三和が、水の価値は、欠乏し、本当に必要としている者にしかわからないのだと納得して言った。

「二十世紀は石油を巡って戦争が起きたと言われるが、二十一世紀は水を巡って戦争が起きると言われている」

萬が遠くを見ながら言った。つまりそれほど貴重な水、ブルー・ゴールドの存在に気づいていた者だけが企てる目論見《もくろみ》があるはずだと考えていた。

「ビンゴ!」

ノートパソコンに向かっていたサランが大声を上げた。皆が一斉に画面に注目する。

「航一さんが中東諸国と交わしているメールです。これも、これも、これも。全部そうです」

萬はサランに航一のメールをハッキングするように命じていたのだ。

サランが探し当てたメールは、中東の総合商社から工業品製造メーカー、水ブローカーと多岐にわたる。若い時から世界各地を旅してきた航一は多彩な言語を操るらしくメールもアラビア語で書かれている。だが、どのメールにも「Ｂｌｕｅ　Ｇｏｌｄ」という単語が見てとれる。

「メールだけじゃなくて動画もあります」

サランがクリックすると、動画が始まった。画面には山奥の泉の前に立つ航一の姿が映し出された。萬にはその場所に見覚えがあった。美都子が見せたいとわざわざ連れて行ってくれた静かな山奥。降り積もる雪を割って流れていく清流に心を奪われた。

あの時バッタリ会った航一は散歩をしていたのだろうと思っていたが、それにしてはいやに表情が真剣だと感じた。そのかすかな違和感は、航一があの泉を商談の材料と思っていたからなのか。

航一がカメラに向かってアラビア語で話し始めた。送り先は商談先の一つ、水資源開発を得意とする商社だった。

「親愛なるトゥルキスターニ社長。私の生まれ故郷の美しい水をご覧ください」

そう言うと、航一は屈《かが》んでペットボトルに水を汲《く》んで見せた。澄みきった水が陽光に反射する。

「この大地の地下から潤沢に湧き出す水を水源ごと提供します。日本人はこの水の貴重さがわかっていません。愚かにもリゾート開発の計画が進んでいますが、必ず阻止します。私はあなたの国の人たちを、この水で救いたい。持つ者が持たざる者に与え、貧しい人々を救う。そのためなら私は祖国も家族も欺きます」

スピーチはそこで終わり、提示額がドルで表示された。あまりのゼロの多さに一目でケタがわからない。

その額十八億ドル――。

女たちはしばらく身じろぎもできなかった。

「なにこれ⁉」

「すごい金額……」

「彼はブルー・ゴールドの莫大《ばくだい》な利益を独り占めしようとしてたようだな」

そう、これだけの金額である。もしも九十九道山が知っていれば、むざむざと水源の上にリゾートをつくったりすることは考えなかっただろう。仮につくるとしても、場所をずらすなどして、両方から利益を得ようとしたはずなのだ。

「なにが牧場を奪われた人たちを放っておけないだよ」

不二子の目がつり上がった。

「二郎を探してくれ？　まんまと騙された！」

三和が吐き捨てるように言った。

「道山から土地を取り戻して、漁夫の利を狙ってたってわけね」

五月は脱力している。

「許せません！」

サランから悪者をやっつける時のセリフがこぼれた。

「だいたいなんなんですか！　このすかした動画！」

七菜は自分が当事者なだけに、怒りもひとしおだった。

そして、改めて動画を憎々しげに覗き込んだ。この取引は妥当なのか？　そもそも倫理的にどうなんだ。一族どころか地元、ひいては日本をも売る行為ではないのか。

もしも外国企業に水源ごと売れば、どんな使い方をされるかわからない。地下水をくみ上げ、ボトリングしてミネラルウォーターとして出荷するのか、はたまた水質のいい水を必要とする精密工業メーカーが工場を建てるのか。予想がつかない使い方をされるかもしれない。

危険を冒してまで戦っただけに、裏切られたという思いが強かった。初めて航一に会った時、誠実な男だと思ったし、千代と惹かれ合っているのもすぐにわかった。あの二人ならうまくやっていけると思ったのに……。

だが、さすがの萬にも今はもう取るべき手段は何もなかった。


女たちは戦いの疲れを癒やすために露天温泉に浸かっていた。この地方の湯は白いにごり湯で本当に肌に優しい。

七菜だけは骨折した脚をまだギプスで固められていて湯には入れないため、浴衣姿で風呂の縁に腰かけていた。片足だけなんとか湯につけ、少しでもと温泉気分を味わっていた。

「皆さんには感謝してます。二郎さんが心配するから、私はそろそろ戻りますね」

そう言って立ち上がろうとしたところで、ただで済ませる女たちではない。

「帰れ！　帰れ！」と五月が、「誰のせいでこんなことになったと思ってんだ！」と三和が口々に言いながら、七菜に思いっきりお湯をかけた。

「やめてくださいよー。びしょぬれになっちゃうー」

きゃあきゃあ言いながらも、七菜は片脚で楽しげに逃げ回った。あれほどのことがあったというのに、立ち直る強さと図太さがあるのが七菜なのだ。

不二子とサランは一連の出来事と、さっきわかった航一の裏の顔の衝撃で怒り尽くして、虚脱したように湯にたゆたっていた。この温泉がなかったら、間違いなくやけ酒に走っていただろう。

「千代さん、大丈夫でしょうか」

ふとサランが顔を曇らせ言った。

「……あいつ、免疫ないからね」

不二子はいつになく千代を案じていた。いつもクールでベタベタとつるんだりしない秘書たちだが、お互いの信頼がなければ連携プレーは行えない。かい間見える言動でそれぞれの性格やそれまでの恋愛経験もなんとなくわかるものだ。

千代は銀座でNo.1のホステスという異色の経歴の持ち主だが、知性と教養、それに加えて美貌、どんな地位や権力のある男にも媚びずにもてなすことのできる話術……それらは千代自身の強さから可能となっていたものだ。恋愛に溺れて、理性を失ったりしないからこそできたことなのだ。

千代ほどの女を男が放っておくはずがない。銀座時代には、政財界の大物が千代に夢中になったという噂が絶えなかった。

しかし、千代は一度として特定の恋人をつくったとか、誰かの愛人になったという噂が立つことはなかった。それだけ自制心があり、よほどのことがない限り、男に心を許すことがなかったのは、早くに両親を亡くして兄と二人だけで必死に生きてきたという過去があったからだと不二子は密《ひそ》かに思っていた。

その千代が初めて心を許したように見えたのが航一だったのだ。放火殺人、一大リゾート計画の阻止、困窮する人たちの救済と、あまりにも重たいミッションだった一連の出来事の中で、航一と過ごした後帰ってきた時の千代は輝いていた。

それだけに航一が九十九道山以上に金儲けを画策していたと知った今、どう考えているのだろう。

「……あいつのことだから、大丈夫だとは思うけど。今回はちょっと傷が深いかもね」

不二子がため息をつくと、女たちはそれぞれに頷いた。思いは皆同じなのだ。

19

「大丈夫か？」

萬が助手席に向かって言った。そこには千代がいた。九十九邸から脱出し、倒れた千代は萬と美都子の手によって航一とともに麓の病院に担ぎ込まれ、手当てを受けていた。

幸いかすり傷程度で、間もなく意識を回復した。検査を受け、しばらく休んだ後、萬が迎えに来ていたのだ。

航一もまた倒れかかってきた柱から千代を守ったため、背中を強打していたが、狭いワインセラーの中で柱が完全に倒れきることなく壁が支えとなったため、思ったよりもダメージは少なかった。

航一は先に退院し、千代は「大切な話がある」と呼び出されていた。

待ち合わせ場所は、あの泉。今となってはただの山奥にある美味しい水というだけではなくなってしまった。

「札束がわき出しているようなもんだ。少なくともあの男はそう思っているはずだ」

雪の山道を運転しながら、萬は千代にそう言った。航一のメールをサランがハッキングして見つけた真実は伝えてある。航一がブルー・ゴールドに十八億ドルという値をつけていることも。

「……そうですか」

千代はさほど驚かなかった。千代なりに航一と接していく中で何か感じるものがあったのだろうと萬は思っていた。

「本当にきれいなところですね」

千代は車の窓に頭をもたせ、朝陽に輝く峰を見つめてつぶやいた。

「住みたくなったか？　残ってもいいんだぞ」

千代は微笑んで答えなかった。

やがて車は山道の入り口に停車した。

「いってきます」

千代は車を降りると、たしかな足どりで山道を歩き出した。

真っ白な雪の道に千代の真っ赤なドレスが映える。千代はあえて着替えなかった。火災をくぐりぬけたドレスとコートこそ、今の千代の気持ちをそのまま表しているからだ。その艶《あで》やかさと裏腹に千代の表情は硬く、目の前ではない遠くの何かを見ているようだった。

チリン――。

手に持った熊鈴が澄んだ音を立てた。

一歩一歩、自分の思いをかみしめるように、千代は何もかも忘れて心から愛したいと思っている男のもとへ向かった。

千代は待ち合わせの泉に行く手前の橋の前で立ち止まった。ここはいわば別れ道。小さな橋を渡り、左へ行けば航一に教えられた泉に向かって左側のほとりに出る。渡らずに右側を行けば、泉から流れ出た小川のような流れを挟んだ右側に出る。

航一はきっと左側の道を選んだはずだ。その方が泉に下りる傾斜がゆるく、水に触れやすいのだ。

千代は歩き始めた。

一歩進むごとに航一と出会ってからのことが脳裏によみがえる。

初めて会ったのは、近道しようと迷い込んだ山の中。黒い影を熊かと思った。今手にしている熊鈴は、航一にもらってから、ずっとお守りのように持っている。

あの時航一は言った。

(熊より恐ろしい人間もいるから)

それは本当だった。九十九道山は、自分の欲望のためなら、家族ですら平気で手にかけようとする男だった。航一はそんな男を父に持っていたのだ。幼い頃に母を亡くしてから今日までどんな思いで生きてきたのだろう。

そして、初めて航一がつくったラーメンを食べた時のこと。萬のつくる醬油ラーメンとは違う優しさが航一の味噌ラーメンに感じられた。

一緒にラーメンをつくった時は楽しかった。あの時、無謀にも真っ赤な香辛料を練り込んだ麺の味はひどかったなあ。そういえば、あの香辛料は中東から取り寄せたと言っていた。今思えばそういうことだったのか……。

千代の記憶の再生はそこで悲しく止まった。それでも千代は雪の中を先へ進む。

バサッ。

森の奥で枝にたまっていた雪が落ちて大きく跳ねた。

あの時もそうだった。泉の水を手ですくって飲ませてくれた直後、枝から落ちた雪に直撃され、二人で雪まみれになって笑った。

そして、その直後の優しいキス——。

時々不二子にからかわれるように、夜の銀座という男と女の愛と欲望が蠢《うごめ》く世界で生きていながら、千代は恋愛経験が乏しい。逆にいえば特定の男にうつつを抜かすことがなかったからこそ、すべての男にとって女神でいられたし、あらゆる男を惹きつけ№1でいられたのだ。

そんな千代が初めてときめきを覚え、愛したいと思ったのが航一だったのだ。

小川を上流にたどるにつれ、流れは細くなっていく。源流から溢れ出る水は、やがて支流と合流して大きな川となり、海へと注ぐ。

人間の営みと同じだと千代は思った。源流は澄みきっているのに、夢がさまざまな利益や見栄や権力に合流するうちに、本人すら止められないほどの欲望の塊となる。そんな塊となったのが粟田口であり信州のドンだったのだろう。

雪はますます深くなり空気は冷たく澄みきっている。

道の先、泉のほとりに人影が見えた。

航一は先に来ていた。

一瞬嬉しそうな顔をした後、なぜそちら側にいるのだという怪訝そうな表情になった。

そう、千代は右側の道を選んだのだ。だから今、泉から流れる小川が二人の間を隔てている。顔はよく見えるのに、触れたくても触れられない距離がそこにあった。

航一は顔や手に火傷を手当てした跡があり、手に巻かれた真っ白な包帯が痛々しかった。それでも、千代は心から思った。無事でよかった、この人とあのまま地下で焼かれたりしなくてよかった、と。やはり顔を見れば愛《いと》おしいという思いが募ってくる。

「大丈夫ですか」

「……ありがとう。君がいなかったら、今頃俺の一番嫌いなあの屋敷で焼け死んでいた」

母との思い出もあっただろうに、航一にとっては九十九道山が誇らしげに住んでいるというだけで、屋敷そのものも憎悪の対象だったのだろう。

二人の間に沈黙が流れた。千代はうつむき、やがて顔を上げた時、ここに来るまでの間、ずっと考えていたことをついに言葉に出した。

「……最初から私を利用しようとしていたんですか」

航一は苦渋の色を浮かべ答えた。

「違う――」

「もう嘘はやめて」

「君を好きになったのは本当だ」

ああ。愛の告白がこんなにも悲しく聞こえるなんて。

「最初に会った時から好きだった」

「本当に――？　どうして私を」

千代や萬たちを利用し、道山のプロジェクトを壊すために近づいたのだと告白されたも同然なのに、千代の中の女としての部分がまだ揺れる。

「君は弱い人たちを放っておけないから。ブルー・ゴールドのことも、君にはちゃんと話しておきたかったんだ。地下に眠る美しい水が、貧しい国を潤し、たくさんの貧しい人たちを救う……」

そして、航一は中東を旅していた時に経験したことを静かに語り始めた。

砂漠の国では、水一滴手に入れるのにも、遠くの水場まで行かなくてはいけない。日本ならば学校で朝から午後まで勉強し、給食を食べ、友達と遊んでいる時間、かの国の子供たちは重たい水瓶《みずがめ》や水桶《みずおけ》を持って水汲みに行く。

太陽は容赦なく照りつけ、褐色の肌を焼く。痩せた肩に天秤棒《てんびんぼう》が食い込んでも、立ち止まることは許されない。

そうまでして運ぶ水は、濁り、清潔にはほど遠い。井戸がないために病気は蔓延《まんえん》し、幼くして亡くなる子供も多い。

航一が砂漠を旅していた時、そんな水運びの少女に出会ったことがあった。水桶の重さによろめき、ついには涙を浮かべていた。きっと年かさの子供たちに置いて行かれたのだろう。痩せた体にはあまりにも重すぎる荷だった。

旅をしている時の航一は、地元民と同じようにボロ布を体に巻き付け、バッグの代わりに布袋を持ち、頭には帽子の代わりに布をターバンのように巻いていた。無精髭《ぶしょうひげ》を伸ばし、恐らく日本人だと見抜く者はいないほどに無国籍な様相だった。

少女に出会った時、航一は町で買い求めたペットボトルの水を持っていた。一本が日本の十倍以上もするような貴重な水である。

少女にペットボトルを差し出したのだが、怯えて首を振った。

「きれいな水だよ」

アラビア語で言うと、キャップをはずして無理にその手に握らせた。少女はしばらくためらった後、一口飲んだ。そして、驚きで目を見開いた。恐らく今まで濁っていない水など見たこともなかったのだろう。

そして、ゴクゴクと喉を鳴らして飲み干すと、信じられないというように空のペットボトルを見つめ言った。

「……神よ」

その時、航一の脳裏に浮かんだのは、故郷北アルプスに湧き出す水だった。生まれた時からあまりにも当たり前に存在していたため、その貴重さや美しさを殊更に意識したことはなかった。だが、砂漠の果てに住む人々にとっては、黄金よりもダイヤモンドよりも価値のあるものなのだ。

誰も顧みようとしない湧き水について、幼い頃に祖父百之輔から聞かされた記憶があった航一は、帰国後信州の地質について必死に調べた。糸魚川静岡構造線と呼ばれる大活断層のこと、隆起した北アルプスに豊富な雪が降り、それが良質な水になること。しかし、水脈がどうやら雷鳥牧場の地下深くを中心に伸びていることがわかったのは、父九十九道山が何年もかけて一大リゾート計画を打ち立てた後だったのだ。

走り出したリゾート計画は簡単には止められない。かといって、ブルー・ゴールドのことを打ち明けるつもりはなかった。そんなことをすれば、自分勝手に道山が利用してしまうのは目に見えていたからだ。

そして、道山は暴走した。牧場を明け渡さない二郎とリゾート計画に反対する北アルプス市長を消そうとしたのだ。それを知った時、航一は道山の悪事を打ち消すことで流れを自分のものにすることを思いついたのだ。それを最初から利用するつもりだったかと言われれば否定はできなかった。

千代は航一の話をただ黙って聞いていた。足元からしんしんと伝わってくる冷気は、雪の冷たさだけとは思えなかった。

航一は切なくなるほど千代を見つめて言った。

「一緒についてきてくれないか」

それは思いもかけない言葉だった。これから中東との商談が始まるのだろう。向かい風も強くなるはずだ。それを一緒に戦ってほしいということなのか。

「あの国に行って、みんなの暮らしを見ればわかる。なぜこうまでして、俺がこの宝物を守りたかったか……」

千代の心が揺れた。航一の視線から逃れられない。

「だから一緒に来てくれ――」

千代は混乱した。家族を裏切り、地元を裏切り、すべての人の頭越しに中東の財閥と商談を交わしていた証拠を見てしまった今、航一の言葉をどこまで信じていいのか。千代は答えられない。

長い沈黙に耐えきれなくなったのか、航一が先ほどまでの強い口調から一転して囁《ささや》くように言った。

「……俺はそんなに強い人間じゃない」

「私が航一さんのことを放っておけないとでも?」

航一は微笑んだ。困った子供のようなそれはあまりにも魅力的な微笑みだった。そして、そのまま千代の言葉を肯定するものでもあった。

千代は、しばらくうつむいていたが、ようやく顔を上げた。こらえきれない涙がその目に溢れ出していく。そして、小さく首を振り、言った。

「……これ、返します」

熊鈴を差し出した。航一は受け取らない。鈴はそのまま二人を隔てる泉の中へ落ちていった。行き場を失った千代の恋のように。

千代はもう揺れたりしなかった。

「あなたは、あなたが憎んでるお父さんにそっくり……」

虚を衝《つ》かれたように航一が小さく息をのむ。

話が終わるのを待っていたかのように、静かに雪が降り始めた。

千代は最後にもう一度だけ優しい声で言った。

「さようなら――」

航一は何も言わない。

千代は踵を返した。なす術もなく航一が自分の背中を見つめているのを痛いほど意識した。今ならまだ間に合う。小川を渡り、あの温かい胸に飛び込むのだ。そして、一緒に世界を飛び回り困っている人を救う……もしも本当にそんな生活ができたら……。

でも、航一は千代を引き留めない。千代も振り向かなかった。来た時よりも力強い足取りで憂いを断つように歩き続けた。

涙があとからあとからあふれてくる。千代は萬の待つ車に着くまで子供のように泣きじゃくりながら歩き続けた。

20

東京に戻ってくると、信州での出来事はまるで夢のようだった。

千代を始め秘書たちは全員休暇を終えて仕事に戻っていた。いつもと変わらぬ日常が当たり前のように続いている。

あの日、千代が温泉旅館に戻った時、女たちは何も聞かなかった。もとよりプライベートなことを打ち明け合うような付き合いでもないが、信頼関係だけはお互いに深い。だから、顔を見ただけで、放っておくのが一番とわかるのだ。

千代はそれがありがたかった。

そして、この日、女たちはラーメン萬で打ち上げがわりにラーメンを食べようと集まっていた。

不二子は仁を連れてきていた。仁は大人たちに囲まれても、ぐずることなくいつもニコニコしている。なかなか空気の読める子供である。不二子もふだんはクールなのに、すっかり母親の顔だ。最初は慣れなかった女たちも、最近では不二子のそんな一面もまた真実だと受け入れている。

「仁、毎日温泉入れてもらえてよかったねえ。ほっぺツルツル～」

不二子は仁のほっぺたを突いて笑った。旅館の世話好きな仲居が、不二子が潜入捜査をしている時も託児所のように預かってくれて、温泉にもこまめに入れてくれたのだ。そのため全身に広がりつつあった湿疹もすっかり消えて、今ではつるつるもちもちの肌になっていた。不二子は温泉の素《もと》を購入してきて、自宅でも使っているほどだ。

「あの一週間、幻だったのかな」

三和がつぶやいた。

「有休使って、なにやってんだろ……」

不二子がため息をつく。いつ熱を出したりするかわからない幼子を持つシングルマザーにとって、育児休暇は貴重なのに。

「でも、みんなで戦えて楽しかったです。牧場も再建できるそうですよ」

サランはあくまで前向きだ。

そう、リゾート計画は頓挫したのである。殺人と放火を犯してまで進めようとしていた計画だと世間に暴露され、出資者が一斉に手を引いたのだ。

「それでも私たちには収穫なし謝礼もチップもなんもなし」

五月の嘆きももっともである。なにせ潜入捜査からとんでもない乱闘、挙句の果てには大火災である。あらゆる危険を冒し、ひょっとしたら死んでいたかもしれないのだ。

秘書たちは一斉にため息をついた。

カウンターの端に座ってここまで言葉を発さなかった千代に至っては、今さらため息どころではない。この一週間というもの、ろくに食事も摂《と》らず、それでいて責任感からなのか、仕事だけは淡々とこなし、帰ってくると部屋に閉じこもり時折泣きはらしたような目をしていた。

萬はただじっと見守ってはいたが、傷は思いのほか深かったようだと思っていた。今日は仲間たちが集まるというので、千代も顔を出していたのだが、口数はいつもと比べて少ない。

その暗さを払拭《ふっしょく》するかのように萬は勢いよくカウンターにラーメンを置いた。

「はい、お待ちどおさま。醬油ラーメン六人前！」

「いただきます！」

と、声を揃えて箸を割ったところで、六人分のラーメンとはどういうことかと皆怪訝に思った。ここにいるのは、五月、不二子、サラン、三和、千代の五人……ではなかった。

「ああ、お腹空いた」

そう言うと、隅っこのテーブル席から七菜がカウンターに近寄ってきたのだ。まだ松葉杖をついている。

いたのか。皆がそう思っているのを知ってか知らずか、七菜は無邪気にラーメンに向かった。

「いただきまーす」

皆の唖然とした表情など関係なく、七菜は割り箸をパキッと割ると、すぐさまラーメンをすすり始めた。

「なんで、あんたが東京にいるの？」

不二子が眉根を寄せて訊いた。

「牧場主の二郎さんとハッピーエンドじゃなかったの？」

三和がジロリと七菜を見て言った。七菜はかまわずラーメンを食べ続けている。

千代は幸せ報告が来るかと、若干引き気味だ。

「それどころか、ご隠居さんが全財産を二郎さんに継がせることにしたっていうから、玉の輿じゃん」

九十九道山が興した事業以外にもともと九十九家が持っている財産に関しては、百之輔のものである。それらの権利と牧場などもとからの事業に関して百之輔は後継者を二郎に指名したのだ。道山に無理やり隠居させられていたが、道山が逮捕された今、百之輔は随分元気を取り戻しているらしい。

そうなると、いずれアルプス雷鳥グループの頂点に立つのは二郎ということになるのだ。まさに玉の輿である。

しかし、七菜は淡々と言った。

「それが、あまりにも大変なことがいろいろありすぎたから、二郎さんがいったん白紙に戻そうって」

実は七菜もそのことにあっさり同意した。二郎に対する思いが恋だったのかどうかもよくわからない。その背負っているものがあまりにも大きすぎると、玉の輿などとは簡単にはいえなくなってくるものだからだ。

聞かされた秘書たちは、一瞬唖然とした後、次の瞬間爆笑した。

「なあんだ、振られたんだ」

不二子は笑いすぎて涙を浮かべている。

「それでこそ男運のないおぼこ七菜！」

三和も容赦ない。密会していた相手に急死され、次は結婚詐欺にひっかかる直前までいったりと、七菜の男運は確かに最悪だ。

七菜はそうまで言われて、半笑いを浮かべるしかない。自分の中で二郎に対する未練がゼロかと訊かれたらそうだとも言い切れない。

しかし、そこは七菜である。元気に言った。

「みなさん、早く食べないと伸びますよ！」

このあっけらかんとした強さこそが七菜なのだ。

それを見ていた千代は自分の中で何かが吹っ切れたのを感じた。自分で決めたことではないか。

ほとんど手をつけていなかったラーメンを思い切りよく食べ始めた。うまい。身にしみる。丁寧にとっている出汁のうまみが最近ろくな食事を摂っていなかった身体にしみわたる。

「萬さん！　やっぱりラーメンは醬油ですね！」

萬は苦笑した。そう言う千代の気持ちが痛いほどわかるだけに。きっと千代はこの先味噌ラーメンを食べるたびに航一のことを思い出すだろう。

「千代も痛いね」

「相当キてるね」

「そりゃ、免疫なかった分、傷も深いんじゃない」

不二子と三和と五月が小声でコソコソと話し合った。千代は全部聞こえていたが、あえて空元気を出して七菜に向き直った。

「そういえば、ドンから受け取った三千万はどうしたの？」

「そうだ！　七菜さん、三千万キャッシュで受け取りましたよね」

サランが叫ぶ。なにせサランは目の前で美都子から七菜が現金を受け取り、持ち帰るのを目撃しているのだ。あれを九十九家が返せと言った様子はないし、言えるはずもないはずだ。つまりまだ七菜の手元にある。

女たちは顔を輝かせ七菜を見た。

しかし、七菜はしれっと言った。

「あれは二郎さんにお返ししました」

「か、返した⁉」

思わず声が揃う。

「なんで！」

千代はかみつかんばかりに七菜に迫る。

「火事見舞いに」

「バカなの？」

三和が全員を代表して言った。どこに火事見舞いに三千万も払う人間がいるのだ。というか、受け取る二郎も二郎である。別れるのなら、手切れ金として渡された金は七菜が持っているべきではないか。

「じゃ、また報酬ゼロ……」

わかっていたことではあるが、不二子は肩を落す。仁がキャッキャッと笑った。あんたを私立の学校に入れてあげるのは無理かもね。不二子の心配は仁の将来だ。

「あたしの老後はどうなるの……」

五月の悩みは老後のことだ。

女たちの嘆きは尽きない。しかし、七菜はスッキリした顔をしている。二郎との関係を終わらせる以上、受け取った金も返すというわけか。ある意味、バカ正直な七菜らしいと千代は思った。

萬は女たちを見渡し、優しく笑った。

「ま、ラーメンが美味しいと思う人生を送れ」

結局結論はそこに尽きるというわけだ。

秘書たちは名もなき自分たちが危険を冒してやったことには満足している。一大リゾート計画を阻止し、自然を守り、牧場を守り、そして、図らずもブルー・ゴールドを守ったのだから。

ブルー・ゴールドを水源地ごと中東の会社に売るという航一の計画がどうなったのかは千代も知らない。知りたいとも思わない。しかし、その存在は七菜を通じて萬から二郎に伝わり、二郎と航一がなんらかの話し合いをしているらしい。

自分たちの豊かな資源を使って恵まれない国の人たちを助けるという計画には二郎も反対しているわけではない。ただ、外国企業に水源を明け渡してしまえばどうなるか。そこに潜む危険はある。

まあ、いい。なるようにしかならない。とりあえず今はラーメンを美味しく食べよう。

千代はスープの最後の一滴を飲み干した。

「ごちそうさまっ！　おかわり！」

エピローグ

さて、悪役たちはどうなったのか。

九十九道山は殺人教唆《きょうさ》、放火、贈賄と山ほど起訴事実を積み上げられ、現在取り調べの最中である。もちろんほとんどの容疑をのらりくらりと否認し続けていることはいうまでもない。

その道山は今、病院にいた。取り調べ中に胸が苦しいと訴え、かかりつけの大学病院でなければ死ぬと言い張って、わざわざ移送させたのである。

しかし、自分の足で歩くことのできる道山は、検査も両脇を私服警官に挟まれて院内を移動する。

なんとかして自由になる方法はないものかと考えを巡らせていると、向こうから担当の医師がやってきた。従業員にはドケチな道山だが、自分のこととなると風邪だろうが一流の医師にかかりたい。

「先生、よろしゅうお願いします」

殊勝に頭を下げてみた。願わくば長期間の入院をしたいところなのだ。

「顔色もいいし、検査の数値もいい。入院するほどじゃないですよ」

医師は持っていたタブレットの電子カルテにチラリと目を走らせ言った。医者としては健康を保証する方が点数が上がると思っているのか。道山はもどかしい。

「いえ、まだ胸が苦しゅうて。不整脈も頻繁にあるんですわ」

必死に目で訴える。この際拘置所や刑務所に長期間入るくらいなら、いっそガンでもあればいいと思っていた。そうなればいやでも、病院にいられる。ホテル並の個室なら、そこからいくらでも事業の指示を飛ばせるのだ。

じっと医師の目を見ていたら、いくらか希望が伝わったようだ。

「退院したら、しっかり取り調べを受けてくださいね」

なんとか入院成功。病院側としては、犯罪者なぞ関わりたくないという空気がみえみえで非常に腹立たしいが、こればかりは仕方がない。金に糸目をつけず優秀な弁護団を結成し、絶対に無罪を勝ち取ってやる。道山の目が光った。

「おだいじに」

看護師が優しく言ってくれた。あとでチップでも渡してやろう。

「お世話になります」

道山はどこからみても好々爺《こうこうや》にしか見えない笑顔で頭を下げた。

世の中はなんでも金と権力がものを言う。道山が手を回し用意させたのは、この病院の特別室である。さすがに拘置所や刑務所までは手が及ばないが、一歩公権力の及ぶ範囲を出てしまえばなんとでもなるのだ。

唯一気になるのは、どうしても空きがなく、完全に独占することができず、二人部屋の相部屋になるということだった。あの特別室に入院できるということは、それなりの人物ではあるのだろうが、一体どんなヤツなのだろう。

道山は個室のドアを開けた。特別室だけあって、正面に大きな窓があり、広い。右側のベッドが道山のものだと言われている。

そして、反対側には先客がいた。なんと、それは粟田口十三ではないか。

「あ、粟田口先生」

「あ、信州のドン。こんなところでお会いするとは。どないしはったん」

「警察の取り調べ中に持病の心臓が……先生は？」

「私は仮釈放中に糖尿病が悪化して」

お互いにニヤリと笑った。互いにそれが嘘だとわかったのだ。いや、全くの嘘ではないにしても、百倍くらい大きく言ってここに入っている。粟田口もリゾート計画の件では、永田代議士を裏で操っていたことに気づいているマスコミもいないではない。ここなら追い回されることもないはずだ。

見ると、手にしている本は「再起する精神」と書いてある。したたかな老政治家である。

「そうですか。ベッドがちょっと硬いけど、ま、刑務所よりはましですわな」

「お布団もぬくいし」

「うん。ぬくいぬくい」

道山はベッドにもぐり込んだ。拘置所とは大違いである。やはり一般人の犯罪者などとは一緒にされたくないと強く思った。

「聞きましたで。あんた、なんやえらい目に遭《お》うたそうやの」

「そうなんですわ。得体の知れん秘書たちに」

「秘書？」

「はい」

「『名乗るほどの者ではございません』とか言う連中ですか」

道山は思わずきょとんとした表情を浮かべた。

「なんで粟田口先生、そんなん知ってはるんですか」

「ハハハ……ハハハハ……」

粟田口が乾いた笑い声を上げた。

「ハハハハ。なんでわろてはりますのん」

「ドンさんこそ」

思わずつられてしまうような粟田口の笑いだったからなのだが、これぱかりはしょうもない。いったん笑い始めたら止まらなくなった。

ああ、そうか、粟田口が失脚した時、たしか妙な暴露があったなあと道山は記憶の中から政治家の不祥事リストを取り出した。なるほどあれにもあの得体の知れない秘書たちが絡んでいたというわけか。

恐らく粟田口も同じことを考えたに違いない。

笑い始めた二人の狸《たぬき》たちは悔しさと虚《むな》しさと今に見ておれというめげない気持ちで、いつまでもいつまでも笑い続けていた。

七人の秘書たちの人知れぬ活躍は、またも少しだけ日本を平和にしたのである——。

撮影：五木田 智
映像：服部正邦
照明：花岡正光
録音：福部博国
編集：河村信二
選曲：藤村義孝
音響効果：木村実玖子
スクリプター：岩井茂美
VFXスーパーバイザー：道木伸隆
美術プロデューサー：根古屋史彦
美術制作：木村正宏
デザイン：秋元 博
装飾：春藤 雄
スタイリスト：西 ゆり子　Babymix（江口洋介）
衣裳：斧木妙恵
ヘアメイク：若林幸子
宣伝プロデューサー：森田道広
音楽プロデューサー：野口 智
助監督：高橋貴司
制作担当：町田虎睦
アクションコーディネーター：和田三四郎
ラインプロデューサー：田中敏雄
製作：「七人の秘書 THE MOVIE」製作委員会
制作プロダクション：ザ・ワークス
製作幹事：テレビ朝日
配給：東宝

七人の秘書 THE MOVIE

CAST

木村文乃
広瀬アリス
菜々緒
シム・ウンギョン
大島優子
室井 滋
江口洋介

玉木 宏
濱田 岳
吉瀬美智子
笑福亭鶴瓶

STAFF

脚本：中園ミホ　監督：田村直己　音楽：沢田 完

製作総指揮：早河 洋
製作：西 新　市川 南　野村英章　今村俊昭　藤川克平
飯田雅裕　田中祐介　渡辺章仁　伊藤貴宣　寺内達郎
平城隆司　森 君夫
エグゼクティブプロデューサー：内山聖子
プロデューサー：大江達樹　浜田壮瑛　峰島あゆみ　村上 弓
遠藤光貴　大垣一穂　角田正子

七人《しちにん》の秘書《ひしよ》 THE MOVIE　朝日文庫

2022年8月30日　第1刷発行

脚　　本　中園《なかぞの》ミホ
ノベライズ　国井《くにい》　桂《けい》
発 行 者　三宮博信
発 行 所　朝日新聞出版
〒104-8011　東京都中央区築地5-3-2
電話　03-5541-8832(編集)
　　　03-5540-7793(販売)
印刷製本　大日本印刷株式会社

Published in Japan by Asahi Shimbun Publications Inc.
定価はカバーに表示してあります

ISBN978-4-02-265058-0

落丁・乱丁の場合は弊社業務部(電話 03-5540-7800)へご連絡ください。

送料弊社負担にてお取り替えいたします。

恩田 陸

錆びた太陽

立入制限区域を巡回する人型ロボットたちの前に国税庁から派遣されたという謎の女が現れた！その目的とは？　《解説・宮内悠介》

小川 洋子

ことり

《芸術選奨文部科学大臣賞受賞作》

人間の言葉は話せないが小鳥のさえずりを理解する兄と、兄の言葉を唯一わかる弟。慎み深い兄弟の一生を描く、著者の会心作。《解説・小野正嗣》

角田 光代

坂の途中の家

娘を殺した母親は、私かもしれない。社会を震撼させた乳幼児の虐待死事件と〈家族〉であることの光と闇に迫る心理サスペンス。《解説・河合香織》

久坂部 羊

老乱

老い衰える不安を抱える老人と、介護の負担に悩む家族。在宅医療を知る医師がリアルに描いた新たな認知症小説。　《解説・最相葉月》

今野 敏

TOKAGE《トカゲ》

特殊遊撃捜査隊

大手銀行の行員が誘拐され、身代金一〇億円が要求された。警視庁捜査一課の覆面バイク部隊「トカゲ」が事件に挑む。　《解説・香山二三郎》

重松 清

ニワトリは一度だけ飛べる

左遷部署に異動となった酒井のもとに「ニワトリは一度だけ飛べる」という題名の謎のメールが届くようになり……。名手が贈る珠玉の長編小説。

中山 七里
闘う君の唄を
新任幼稚園教諭の喜多嶋凜は自らの理想を貫き、周囲から認められていくのだが……。どんでん返しの帝王が贈る驚愕のミステリ。《解説・大矢博子》

葉室 麟
柚子《ゆず》の花咲く
少年時代の恩師が殺された事実を知った筒井恭平は、真相を突き止めるため命懸けで敵藩に潜入する——。感動の長編時代小説。《解説・江上 剛》

畠中 恵
明治・妖《あやかし》モダン
巡査の滝と原田は一瞬で成長する少女や妖出現の噂など不思議な事件に奔走する。ドキドキ時々ヒヤリの痛快妖怪ファンタジー。《解説・杉江松恋》

細谷正充・編／宇江佐真理／北原亞以子／杉本苑子／半村良／平岩弓枝／山本一力／山本周五郎・著
情に泣く
朝日文庫時代小説アンソロジー 人情・市井編

失踪した若君を探すため物乞いに堕ちた老藩士、家族に虐げられ娼家で金を毟られる旗本の四男坊など、名手による珠玉の物語。《解説・細谷正充》

村田 沙耶香
しろいろの街の、その骨の体温の
《三島由紀夫賞受賞作》

クラスでは目立たない存在の、小学四年と中学二年の結佳を通して、女の子が少女へと変化する時間を丹念に描く、静かな衝撃作。《解説・西加奈子》

湊 かなえ
物語のおわり
悩みを抱えた者たちが北海道へひとり旅をする。道中に手渡されたのは結末の書かれていない小説だった。本当の結末とは——。《解説・藤村忠寿》

朝日文庫

山本 一力
たすけ鍼《ばり》
深川に住む染谷《せんこく》は〝ツボ師〟の異名をとる名鍼灸師。病を癒やし、心を救い、人助けや世直しに奔走する日々を描く長編時代小説。《解説・重金敦之》

森見 登美彦
聖なる怠け者の冒険
《京都本大賞受賞作》
宵山で賑やかな京都を舞台に、全く動かない主人公・小和田君の果てしなく長い冒険が始まる。著者による文庫版あとがき付き。

横山 秀夫
震度0《ゼロ》
阪神大震災の朝、県警幹部の一人が姿を消した。失踪を巡り人々の思惑が複雑に交錯する。組織の本質を鋭くえぐる長編警察小説。

柚木 麻子
嘆きの美女
見た目も性格も「ブス」、ネットに悪口ばかり書き連ねる耶居子は、あるきっかけで美人たちと同居するハメに……。《解説・黒沢かずこ（森三中）》

綿矢 りさ
私をくいとめて
黒田みつ子、もうすぐ三三歳。「おひとりさま」生活を満喫していたが、あの人が現れ、なぜか気持ちが揺らいでしまう。《解説・金原ひとみ》

宇佐美 まこと
夜の声を聴く
引きこもりの隆太が誘われたのは、一一年前の一家殺人事件に端を発する悲哀渦巻く世界だった！平穏な日常が揺らぐ衝撃の書き下ろしミステリー。